愛讀書的人，
靈魂和容顏都會優雅起來

智者閱讀群書，亦閱歷各種人生。

腳踏東西文化
林語堂

方志野 主編

關於・林語堂

林語堂（一八九五年～一九七六年）中國現代作家、學者。福建龍溪（即漳州）人。用中文、英文寫過大量散文、小品和小說，還將許多中國古典作品譯成英文。因父親是基督教牧師，他從小學、中學到大學都接受教會學校教育。大學畢業後到清華大學任英文老師。一九一九年偕妻廖翠鳳赴美國留學，後又到德國。曾獲哈佛大學文學碩士，萊比錫大學語言博士學位。

一九二三～一九二六年任北京大學教授。在此期間參加文藝團體「語絲社」，寫過抨擊黑暗社會和北洋政府的文章，後編成《剪拂集》出版。一九二七年下半年到上海從事著述，並在中央研究院工作。

一九三二年創刊《論語》，提倡幽默。一九三四、一九三五年辦《人間世》、《宇宙風》雜誌，宣揚小品文要「語出性靈」、「常談瑣碎」。這些刊物在社會上有一定影響，但受到左翼作家的批評。魯迅就指出他提倡的幽默與閒適，常常「將屠戶的凶殘，使大家化為一笑」。

一九三六年移居紐約，從事著述。曾用英文出版《吾國與吾民》、《生活的藝術》、《中國與印度的哲學》等著作，在西方有相當影響。抗日戰爭期間，留居美國繼續著述。一九四七年在聯合國教科文組織工作，不久離職。

一九四〇年和一九五〇年曾兩度獲諾貝爾文學獎提名。

一九五八年由美回台灣講學。一九六六年曾為中央社特約專欄撰稿。同年六月自美返台灣定居。一九六七年任香港中文大學研究教授，主持辭典編譯工作，一九七二年完成《當代漢英辭典》。一九七五年任國際筆會副會長。一九七六年三月26日病逝於香港，同年四月移靈回台北，葬於陽明山仰德大道林語堂故居後園中。

目錄
CONTENTS

一、兩腳踏東西文化，一心評宇宙文章

演講——講完就走

一九三六年，美國紐約舉辦第一屆全美書展，主辦者安排林語堂做演講。時林的《吾國與吾民》正在熱銷，讀者爭相一睹其風采。林穿一身藍緞長袍，風趣幽默地縱談其作為東方人的人生觀和寫作經驗。聽眾不斷報以熱烈的掌聲。

大家正聽得入神，林語堂突然收住語氣說：「中國哲人的作風是，有話就說，說完就走。」說罷，拾起菸斗，揮了揮長袖，走下講台，飄然而去。在座的人面面相覷，好幾分鐘才反應過來，拿著紙片追了出來。

林語堂常常強調，一篇成功的演講，必先充分準備，才能得心應手。美國總統林肯最有名的葛底斯堡演講，短短數百字，卻是精心思索，反覆推敲的結果。因此，林語堂最反對臨時請人演講。一次，林到一所大學去參觀。參觀結束後與學生們一起進餐時，校長臨時起意請他和學生講幾句話。

林就講了一個笑話：「羅馬時代，皇帝常把人投到鬥獸場中。一次是皇帝把一個人丟進鬥獸場裡餵獅子。此人走到獅子身旁，對獅子講了幾句話，獅子竟然掉頭就走。皇帝極為奇怪，又讓人放了一隻老虎進去。那人又對老虎講了幾句，老虎也掉頭走了。皇帝非常詫異，問那人道：『你究竟對獅子和老虎說了些什麼，竟使它們不吃你呢？』那人答道：『我只提醒它們，吃我很容易，可吃了以後，你們得演講！』」全場聽罷鬨笑，校長卻啼笑皆非。

文學——販夫走卒

在《生活的藝術》自序中，林語堂寫道：「我的理論大都是從下面所說這些人物方面而來。老媽子黃媽，她具有中國女教的一切良好思想；一個隨口罵人的蘇州船娘；一個上海的電車售票員；廚子的妻子；動物園中的一隻小獅子；紐約中央公園裡的一隻松鼠；一個發過一句妙論的輪船上的管事人；一個在某報天文欄內寫文

章的記者（已亡故十多年了）；箱子裡所收藏的新聞紙；以及任何一個不毀滅我們人生好奇意識的作家，或任何一個不毀滅他自己人生好奇意識的作家……」

林語堂主張：「做文人只有一途：就是帶點丈夫氣，說自己胸中的話，不要取媚於世，這樣身份自會高點。要有膽量，獨抒己見，不隨波逐流，就是文人的身份。所言是真知灼見的話，所見是高人一等之理，所寫是優美動人之文，獨來獨往，存真保誠，有骨氣，有識見，有操守，這樣的文人是做得的。」

在文學的創作上，林語堂主張文章須以「清楚通順」為第一，不要求摩登，不要講洋化，他認為新的八股和抽象的寫作都要不得，文字創作必須口語化才能感人，必須跳出傳統「作文章」的錯誤文學觀，避免文藻堆砌，才能發揮「自然國語的力量」。

《京華煙雲》是林語堂的代表作，被稱為繼《紅樓夢》之後又一部百科全書式的著作。在作品即將付梓時，他自己譯為「京華煙雲」。林語堂說，《京華煙雲》「全書以道家精神貫串之」。寫《京華煙雲》時，林太乙每次放學回家，大衣都來不及脫就衝進書房去看林語堂當天寫的東西。

一次，林太乙沒敲門便衝進書房，發現父親熱淚盈眶，問道：「爸，你怎麼啦？」林語堂回答：「我在寫一段非常傷心的故事。」這天他寫的是「紅玉之死」。長女林如斯評價父親的《京華煙雲》道：「然此小說實際上的貢獻是消極的，而文學上的貢獻卻是積極的。此書的最大優點不在性格描寫得生動，不在風景形容得宛然如在目前，不在心理描繪的巧妙，而是在其哲學意義。你一翻開來，起初覺得如奔濤；然後覺得幽妙，流動；其次覺得悲哀；最後覺得雷雨前之暗淡風雲；到收場雷聲霹靂，偉大壯麗，悠然而止……

或可說，『浮生若夢』是此書之主旨。小說給人以一場大夢的印象時，即成為偉大的小說，直可代表人生，非僅指在20世紀初葉在北京居住的某兩家的生活。包括無涯的人生，就是偉大的小說。」

風靡——名冠全球

林語堂一生曾三次被提名為諾貝爾文學獎候選人。他的《生活的藝術》不僅成為全美暢銷書冠軍，在美國《紐約時報》暢銷書排行榜上，更穩居榜首達五十二周，美國印行超過四十版，並被譯成法、德、意、荷、丹麥、瑞典、西班牙、葡萄

牙等十幾種文字，成為歐美各階層的「枕上書」。

一九三九年，《京華煙雲》出版後，被「每月讀書會」選為12月的特別推薦書目，美國《時代周刊》說：「《京華煙雲》很可能是現代中國小說之經典之作。」二十世紀40年代，《京華煙雲》在美國多次再版，銷量達25萬冊。

一九五三年3月，台灣傳媒大幅報導林語堂將為搜集寫作題材訪台。到了預告之日，接機團浩浩蕩蕩在機場等待大師，最後卻是烏龍一場。隔天即有報紙撰文稱這是「幽默的預告」，甚至指幽默大師來也只是販賣「幽默噱頭」，因此「不來也罷」。

教學——請吃花生

林語堂到東吳大學法學院兼授英文課，開學第一天，上課鈴響了好久，他才來了，夾了一個皮包，裝得鼓鼓的，感覺快把皮包撐破了。學生們以為林帶了一包有關講課的資料，誰知，他打開皮包，裡面竟是滿滿一包帶殼的花生。他將花生分送給學生，但學生們並不敢真吃，只是望著他。林開始講課，操一口簡潔流暢的英語，開宗明義，大講其吃花生之道：「吃花生必吃帶殼的，一切味道與風趣，全在剝殼。剝殼愈有勁，花生米愈有味道。」

接著，他將話鋒一轉：「花生米又叫長生果。諸君第一天上課，請吃我的長生果。祝諸君長生不老！以後我上課不點名，願諸君吃了長生果，更有長性子，不要逃學，則幸甚幸甚，三生有幸。」學生們哄堂大笑。林微笑著招呼學生：「請吃！請吃！」教室裡響起一片剝花生殼的聲音。林宣布下課，夾起皮包飄然而去。

此後，每逢林語堂講課時，總是座無虛席。學生薛光前回憶，林語堂從不要求學生死記硬背，上課用的課本也不固定，大多是從報章雜誌上選來的，謂之「新聞文選」，生動有趣，實用易懂。他也不逐句講解，而是挑幾個似同而異的單詞比較。比如他舉中文的「笑」為例，引出英文的「大笑」、「微笑」、「假笑」、「痴笑」、「苦笑」等以做比較。學生觸類旁通，受益無窮，大感興趣。

他上課從不正襟危坐，有時坐在講台上，有時坐在椅子上，將雙腳放在講台上，笑語連篇，口若懸河，滔滔不絕。學生們也都情緒輕鬆，樂之不倦。林語堂從不舉行任何形式的考試，而是「相面打分」。他記憶力極強，幾節課下來，便能記住全班學生的名字，課堂上隨時點指學生回答問題，因此，每位學生的學習能力和

程度，他都瞭然於胸。到學期結束前，林便坐在講台上，拿出學生名冊，一一唱名，被點到的學生，依次站起，他如相面先生一般，略向站起的學生看一眼，便定下分數。如果沒有把握，他就讓學生到講台前，略為談上幾句，然後定分。薛光前說：「林教授打下的分數，其公正程度，遠超過一般以筆試命題計分的方法，所以在同學們心中，無不佩服。」

應變——天生睿智

林語堂從小便有了登上講台的願望。很小的時候有人問他長大之後要入哪一種行業，他的回答是：一，做一個英文教員；二，做一個物理教員；三，開一個「辯論商店」。所謂開一個「辯論商店」是漳州當地的一種說法，而不是指一個真正的行業。通常說你開一個商店，參加論戰的一邊，向對方挑戰，像稱一件白東西為黑，或稱一件黑東西為白，這樣向人挑戰，同人辯論。林語堂從小便以辯才著稱，兄弟姊妹們都稱他為「論爭顧客」，退避三舍。

林語堂的口才在讀大學的時候終於發展成熟。在上海聖約翰大學讀二年級的時候，他領導了一支演講隊參加比賽，擊敗了不少對手而獲銀杯。他登台領獎，令全校轟動。那一次他一人獨得了三種獎章，還有演講隊的銀杯。

大學畢業以後，他便赴清華擔任了一個地位並不高的英文教員。教了三年，獲得一份赴美半官費獎學金。一九二三年回國，又在北京大學，廈門大學等校教書四年，此後，他便沒有在大學擔任專席。東吳大學等處，也不過是兼兼課，打打擦邊球而已。算起來，林語堂活躍在大學的講台上，總共不過七八年時間。然而，林語堂並未從講台上退出，相反，講台是他熱戀的戰場，陶醉的舞台，講演貫穿於他的一生，也記下了關於「幽默大師」的無數的笑話。

在巴西的一個集會上演講，他說了一個轟動世界的玩笑話。他說：「世界大同的理想生活，就是住在英國的鄉村，屋子裡安裝有美國的水電煤氣管子，有個中國廚子，有個日本太太……」

林語堂是一位傑出的演講家，也是一位傑出的美食家。他自詡為「伊壁鳩魯派的信徒」，極喜饕餮而食。他雖然喜愛演講，但碰到飯後被人拉去作臨時演講，則是深惡痛絕。有一次他真的遇到這種事，飯是吃了，盛情邀講話，推無可推，只得作一次無可奈何的臨時演講。他說，諸位，我講一個小笑話，助助消化——

『古代羅馬時代，皇帝常指派手下將活人投到鬥獸場中給野獸吃掉，他就在撕吃活人的撕心裂肺的喊叫中和淋漓的鮮血中觀賞。有一天，皇帝命令將一個人關進鬥獸場，讓一頭獅子去吃。這人見了獅子，並不害怕。他走近獅子，在他耳邊輕輕地說了幾句話，只見那獅子掉頭就走，不去吃他了。

皇帝見了，十分奇怪。他想，大約是這頭獅子肚子不飢，胃口不好，見了活人都懶得吃。於是，他命令放出一隻餓虎來。餓虎兩眼放著凶光撲過來，那人依然不怕。他又走到老虎近旁，向他耳語一番。那隻餓虎竟也灰溜溜地逃走了。

皇帝目睹了這一切，覺得難以置信，他想，這個人到底有什麼法術令獅子餓虎不吃他呢？他將那人召來盤問：「你究竟向那獅子，老虎說了些什麼話，使它們掉頭而去呢？」

那人不慌不時忙地說：「其實很簡單，我只是提醒它們，吃掉我當然很容易，可是吃了以後你得開口說話，演講一番。」』

硬骨——不想妥協

林語堂平生演講無數次，總是伴隨著喝彩聲，鼓掌聲，可是，有一次演講卻被人「轟」下台去。這也許是他一生中唯一的一次，卻並不是因為他演講的失敗。

世界筆會第36屆年會在法國蒙敦舉行。輪到林語堂發言，他向主席要求講15分鐘，但主席生硬地拒絕了，說別人發言都是5分鐘，不可破例。林語堂也較真說，5分鐘我不講。這可急壞了同去的馬星野，馬去找大會主席商量懇請，主席終於答應10分鐘；馬又去找大會秘書長，秘書長答應說先安排10分鐘，如果林語堂講滿10分鐘尚未結束發言，則仍可講下去。林語堂接受了這個安排。

林語堂登台後，會場鴉雀無聲，他講得也很投入。不知不覺，已滿10分鐘，主席說時間已到，請林結束發言。林語堂真正發怒了，他憤而不講，徑直走下台，與會者正聽得入神，對主席的粗暴處置極不滿，於是熱烈鼓掌，希望林語堂講下去。主席也顯得很尷尬，只得默認了與會者的歡迎。但林語堂卻說什麼也不肯講下去了。於是，永遠地留下了這次半截子的精彩演講。

傳播——東方文化

林語堂曾經應美國哥倫比亞大學的邀請，講授「中國文化」課程。他在課堂上對美國的青年學生大談中國文化的好處，好像無論是衣食住行還是人生哲學都是中國的好。這些學生既覺得耳目一新，又覺得不以為然。

有一位女學生見林語堂滔滔不絕地讚美中國，實在忍不住了，她舉手發言，問：「林博士，您好像是說，什麼東西都是你們中國的最好，難道我們美國沒有一樣東西比得上中國嗎？」

林語堂略一沉吟，樂呵呵地回答說：「有的，你們美國的抽水馬桶要比中國的好。」

這機智的回答引得哄堂大笑，引得大家都去看那位發問的女學生。她料不到林博士會出此妙語，直窘得滿臉緋紅。

林語堂致力於向西方世界介紹古老的東方文化，在西方人面前塑造了一個東方哲人的形象。在西方人心目中，林語堂是一位才華橫溢，舉止乖張，又具有幾分神秘色彩的東方聖賢哲人。他肯定有著一把大鬍子，有著一顆碩大無比的智慧的腦袋。

林語堂曾說過，他不願去西方人中間演講，生怕破壞了他們的想像。但他還是去演講了，結果是他的演講更增強了西方人的好奇，使他們傾倒。

幽默——開山始祖

第一個將英文單詞「Humour」譯成中文的是王國維，翻譯為「歐穆亞」，此後，「humour」出現多種譯法，李青崖意譯為「語妙」，陳望道譯為「油滑」，易培基譯為「優罵」，唐桐侯譯為「諧稽」，林語堂譯為「幽默」。最終是林的譯法普及開來，林也被稱作「幽默大師」。在上海，林語堂創辦了《論語》、《人間世》、《宇宙風》雜誌，提倡幽默文學。他說：「人生在世，還不時有時笑笑人家，有時給人家笑笑。」林語堂認為，中國人除了正經話只有笑話，所以，他提倡：「在高談學理的書中或是大主筆的社論中不妨夾些不關緊要的玩意兒的話，以免生活太乾燥無聊。」林語堂說：「幽默也有雅俗不同，愈幽而愈雅，愈露而愈俗。幽默固不必皆幽雋典雅，然以藝術論，自是幽雋較顯露者為佳。」

介直——文人骨氣

林父富有正義感，一次，他遇到一個稅吏向一個賣柴的窮人收取高額的稅便上前干涉，與稅吏發生爭執，二人惡語相向，幾乎打起來，最後林父說要告到縣裡去，稅吏才被迫減低稅款。林語堂受父親的影響，亦不向惡勢力低頭，他說自己「永遠不騎牆而坐」，「不知道怎麼趨時尚，看風頭」。林語堂說：「我從未有寫過一行討當局喜歡或是求當局愛慕的文章。我也從來沒說過討哪個人喜歡的話；連那個想法也壓根兒沒有。」

純厚——不好虛言

不到二十歲的女兵謝冰瑩和兩個同學冒昧到中央日報社副刊見林語堂和孫伏園，林、孫二人熱情接待。之後，孫伏園將謝冰瑩的信刊登在副刊上，林將其翻譯成英文。謝到上海後，林鼓勵其寫《從軍日記》，引領謝走上了寫作的道路。多年後，謝憶及林，仍心存感激。林語堂的女兒說：「父親心目中無惡人，信賴任何人。」郁達夫說：「林語堂實在是一位天性純厚的真正英美式的紳士，他決不疑心人有意說出的不關緊要的謊言。」

真稚——性情中人

林語堂說：「山影響了我對人生的看法。……我是農家的兒子，以此自詡。在山裡長大，使我心思和偏好都簡樸，令我建樹一種立身處世的超然觀念，而不流為政治的、文藝的、學院的和其他種種式式的騙子。童年時與自然接近，足為我一生在智識與道德上的後盾，使我鄙視社會中的偽善和人情的勢利。」

馬星野見過林語堂三次流淚：第一次是到台灣訪問時拜謁胡適墓；第二次是向馬講述林的幼年往事，談及二姐時；第三次是一九六九年去比利時參加世界筆會，拜託在巴黎的蘇秀法到比利時安排接待，結果蘇帶著長子開車前往比利時的途中發生車禍，蘇的長子喪生，林語堂聞訊如遭雷擊，淚如雨下。四十歲生日時，林語堂作自壽詩云：「而今行年雖四十，尚喜未淪士大夫。一點痛心猶未泯，半絲白鬢尚且無。」

林語堂曾為自己作一副對聯：「兩腳踏東西文化，一心評宇宙文章。」他自己設計的台北陽明山的房子，用幾根西方螺旋圓柱頂著一彎迴廊，繞著的卻是一個東方式的天井；書房命名為「有不為齋」。長女自殺身亡後，林語堂的健康每況愈下，便到香港與次女、三女長住。一次，三女兒林相如開車陪林語堂上街散心，從後視鏡中看著林憔悴的臉，忽然問道：「爸，人活在世界上有什麼意思？」林不假思索地回答：「我認為生命的目的是要真正享受人生。」

家園——根深蒂固

林語堂說：「影響我最深的，一是我的父親；二是我的二姐；三是漳州西溪的山水。最深的還是西溪的山水。」在《八十自述》中，林語堂又一次說：「童年之早期對我影響最大的，一是山景；二是家父，不可思議的理想主義者；三是親情似海的基督教家庭。」

林語堂在自傳體小說《賴柏英》中說：「人若在高山裡長大，高山會使他的觀點改變，融入他的血液之中……」林語堂出生在大山中的一個小村，5歲之前，他沒有離開過這個村子。他常和五個兄弟、兩個姐姐到稻田或河岸，去遠望日落的奇景，並互相講神鬼的故事。兒時林語堂常幻想一個人如何才能走出這四面皆山的深谷。林語堂回憶說：「童時，我對於荏苒的光陰常起一種流連眷戀的感覺。」

二姐林美宮聰明美麗，成績優秀，她很想上大學。但林家的經濟能力有限，林父供養兒子們上大學已經很困難，再無力負擔女兒的學費。二姐出嫁前一天的早晨，掏出四毛錢給林語堂，說：「你要去上大學了。不要糟蹋了這個好機會，要做個好人，做個有用的人，做個有名氣的人。這是姐姐對你的願望。」第二年林語堂回鄉時，二姐已因鼠疫去世，死時懷有八個月的身孕。林語堂總有一種感覺，彷彿自己在替二姐上大學。他說：「我青年時代所流的眼淚，多是為二姐而流的。」晚年，他對外孫們談及二姐，依舊淚下。

對於第一次離開坂仔村去漳州的夜景，林語堂記憶深刻。是夜，船泊在岸邊的竹林下，竹葉飄飄打在船篷上，林蓋著條氈子躺在船上聽船家講慈禧太后幼年的故事。對岸船上高懸紙燈，水上燈光掩映可見，人聲亦一一可聞，如泣如訴的笛聲隨風傳來……林語堂說：「我在這一幅天然圖畫之中，年方十二三歲，對著如此美景，如此良辰，將來在年長之時回憶此時豈不充滿美感麼？」

新式——中西教育

林語堂的祖母是一位基督教徒，父親林至誠24歲進入神學院學習，後來成為一名基督教的牧師，林語堂的兄弟們從小都不梳辮子，而留短髮。林至誠夫婦經常邀請農人、樵夫到家裡喝茶乘涼或吃午飯。這種平等觀給林語堂留下了深刻的印象，日後，林語堂也會和小癟三交朋友，請其到家中做客。林家中掛著兩幅畫，因為父親熱心西學和維新，所以其中一幅是彩色的石印光緒皇帝畫像；母親則喜歡一幅外國女孩的畫像，滿臉笑意，雙手拿著一頂破舊的草帽，裡面盛著幾顆剛撿來的雞蛋。暑假，林語堂的父親在家給孩子們上課，早餐過後，他便搖鈴上課，教他們讀「四書」「五經」、《聲律啟蒙》、《幼學瓊林》之類，一屋子都是咿唔的讀書聲。父親還鼓勵他們看林琴南翻譯的書，如《福爾摩斯》、《天方夜譚》、《茶花女》等。

信仰——人文主義

兒時，林語堂祈禱時，常常想像上帝必在他的頭頂幾寸之遙，靠近他的頭髮。這種想像令他有一種不可言說的感覺。在廈門讀小學時，林語堂曾測試上帝是否存在。他每周有一個銅圓的零花錢，買一個芝麻餅後還剩下四文，只夠買四個糖果。某次，他祈求上帝能讓他拾到一個銀角子，夠他去飯館吃碗素麵。他再三閉目禱告，希望出現奇蹟，但結果令他失望。

林語堂曾解釋他重新皈依基督教的原因：「三十多年來，我唯一的宗教乃是人文主義，相信人有了理性指引就什麼都不假外求，只要進步，世界就會自動變得更好。可是在觀察20世紀物質主義的進展，和不信上帝的國家裡所發生的種種事態之後，我深信人文主義不夠，深信人類如果要繼續生存，需要接觸自身以外，比人類偉大的力量。」

逸聞——調皮天才

八歲時，林語堂說長大後要當作家，他偷偷寫了一本教科書，隔一頁是課文，一頁是插圖，後來被大姐發現了，全家的兄弟姐妹都能背誦其中的一首詩：「人自高，終必敗；持戰甲，靠弓矢。而不知，他人強；他人力，千百倍。」在上海聖約翰大學時，有次林語堂一個人斜倚欄杆，做出沉思狀。同班同學見了，以為他想家了，過來安慰他，誰知林皺眉問道：「梁啟超為什麼成了今天的梁啟超？」原來，他剛剛看了《飲冰室文集》，對梁啟超的政體改革策略很是佩服，所以在欄杆前回味，同學直呼上當。林語堂熱愛運動，擅長打網球、踢足球、划船、賽跑。他以5分鐘1英里的成績刷新了聖約翰大學該項運動的學校紀錄；曾任校划船隊的隊長；一度對棒球興趣濃厚，一有空閒，就拉上夏威夷來的留學生根耐斯一起練球，一練就是幾個小時，不久他就成了一個高水平的壘手，投的上彎球和下墜球很少有人能接住。林語堂甚至被選為中國隊的代表，參加了遠東運動會，可惜沒有獲得獎牌。在大二的結業典禮上，林語堂先後四次走上領獎台，其中三次是個人得獎，剩下一次是以演講隊隊長身份領取獲勝的銀杯，轟動一時。

章克標回憶，林語堂到上海時，不再著西服，而是穿中式長袍馬褂，足登青布鞋子。他說中式服裝穿著最舒服，四肢百骸自由自在，穿西服像被捆綁了那樣，動彈不得，尤其領帶一繫，扣住喉嚨，氣都透不過來，他將穿西服繫領帶稱作「狗領」。

興趣——五花八門

童年時，林語堂驚嘆於中醫藥粉治療外傷的神奇功效，自己也採了很多不知名的草藥，發明了一種草藥，並命名為「好四散」。從小林語堂就熱衷於發明創造，夢想當發明家。他知曉了虹吸管原理，就花幾個月時間琢磨在自家菜園裡搞自流灌溉，準備製造一台抽水機，讓井裡的水自動流到菜園裡；第一次乘輪船，他就盯上輪船的蒸汽機，立定不動，凝神察看，從此對機械著迷；中學時酷愛數學、物理和地理，以至於中文竟不及格。

恩怨——魯迅魯迅

林、魯兩人關於翻譯究竟應該「信達雅」還是「直譯」發生爭執，惹得魯迅十分不快，林語堂批評魯迅是「左傾急進主義」，是想「做偶像」。魯迅曾寫信勸告林語堂不要搞這些小品了，多譯點英文名著才是正途。林語堂回信：「等老了再說。」林說此語並非有意，但在魯迅聽來卻以為林有意嘲笑，因為魯迅比林大14歲，彼時已經53歲。

魯迅的《天生蠻性》一文，只有三句話：「辜鴻銘先生贊小腳；鄭孝胥先生講王道；林語堂先生談性靈。」辜鴻銘是前清遺老，鄭孝胥是偽滿「總理」，魯迅將林語堂和他們相提並論，此時的鄙夷之情可想而知。一九三五年，胡風發表《林語堂論》、《張天翼論》等文章，林語堂認為是魯迅化名批評他，魯迅說：「要是我寫，不會寫得那麼長！」兩年之後，林語堂遠赴美國，終此一生，兩人再沒有相見。

一九三六年10月19日，魯迅病逝。四天後，林語堂寫下了這樣的文字：「魯迅與我相得者二次，疏離者二次，其即其離，皆出自然，非吾與魯迅有輊軒於其間也。吾始終敬魯迅；魯迅顧我，我喜其相知，魯迅棄我，我亦無悔。大凡以所見相差相同，而為離合之跡，絕無私人意氣存焉。」在《憶魯迅》一文中，林語堂說：

「魯迅這個人，我始終沒有跟他鬧翻。」

愛國——不落人後

西安事變發生後，林語堂撰文向美國人說明「張」和「蔣」兩個讀音的差別，講述張學良和蔣介石二人政治主張的差別，他說，張軟禁蔣的目的是為了逼蔣抗日，按中國人的智慧，西安事變的結果是喜劇，而不是悲劇，張最後不僅會放了蔣，而且會陪著蔣去南京。最後事件的結果果然如林所說。

一九三七年8月，林語堂在《時代周刊》發表《日本征服不了中國》一文，分析了一九三一年以來日本逐步侵略中國的過程，預言「最後的勝利一定是中國的」。一九四〇年5月，林語堂偕夫人與女兒由美返國，在重慶北碚購置了一幢四室一廳的五間居室為住家。他重新出國時，毅然將該住房捐獻給正處在困難中的「中華全國文藝界抗敵協會」。

抗戰期間，林語堂利用自己在美國的影響力，積極宣傳抗日，許多美國民眾發起抵制日貨行動，史密斯大學的女學生發起不穿日本絲襪運動，羅切斯特書院的數百名女生在禮堂前排隊將自己的絲襪扔進垃圾桶，男生們則宣稱，不與穿絲襪的女生跳舞。林語堂經常撰文宣傳抗日，指出日本的困境，並指責美國兩面手法，不願援助中國，反而賣廢鐵、汽油等物資給日本，間接協助危害中國。

林語堂對美國政界興起「兩個中國」的說法相當不以為然，多次激烈批判，稱美國觀念錯誤，不了解中國人。陳紀瀅回憶，林曾對他說，美國人想搞兩個中國，不但「不了解蔣介石」，「也不了解毛澤東」。多年後，陳還記得林說話時的神情：「他說這段話時，是站著說的，渾身用力，雙拳並舉，兩眼要迸出火星似的。」

立場——永矢不移

北洋政府將在「三一八慘案」中遇難的學生定性為「暴徒」，時為北師大教務長的林語堂在第一時間發表文章悼念「最熟識也最佩服嘉許」的學生劉和珍、楊德群，說她們是「死於與亡國官僚瘟國大夫奮鬥之下為全國女革命之先烈」，讚揚她們「死的光榮」，「死的可愛」。林語堂曾說：「我在文學上的成功和發展我的風格，完全拜國民黨之賜」，「如果民權不被取締，恐怕我永不能成為一個文學家。」因此在創作初期，林語堂的文風中間偏左，與國民編、軍閥勢力敵對的傾向鮮明。

一九六六年，蔣介石發動文化復興運動，敦促各文學大家、學界大師來台定居。林語堂終於決定由香港遷居台灣。蔣請林擔任考試院副院長，林謝絕了。蔣介石夫婦出資在陽明山為他建了一棟別墅，林接受了，這是他一生中唯一一次接受官方的資助。一九七五年秋，蔣介石去世，聽到消息的林語堂跌倒在地上，起來之後，半天無語，之後，又由人攙扶到蔣靈前弔唁，涕泗滂沱。

離塵——終須一別

一九七一年，七十七歲的林語堂出現中風初期徵兆；三年後，在故宮博物院工作的長女林如斯自殺，這對林語堂夫婦的打擊甚大，廖翠鳳精神幾近崩潰，從此只

說廈門話，常呢喃著「我活著幹什麼」？她不再信任林語堂，也不信任林太乙，認為出了嫁的女兒就是別人家的人，唯獨尚是單身的小女兒林相如能給她安慰，所以便赴港與女兒同住。原本健步如飛的林語堂自此急速衰老，記憶也開始衰退，但他仍安慰二女兒，「活著要快樂」；他也在文章裡講到，故舊多半去世了，回顧一生無論是成是敗，他「都有權休息」。一九七五年5月，林語堂在一篇序中寫道：「我的筆寫出我胸中的話。我的話說完了，我就要告辭。」林太乙嚇了一跳，覺得父親好像有死亡的預感。

一九七六年3月23日，林語堂因胃出血送入香港瑪麗醫院，後因併發肺炎、心臟病突發，於3月26日晚間病逝於香港。4月1日移靈台北，一部《聖經》伴隨，長眠於陽明山故居「有不為齋」後園中，享年八十二歲，墓碑由好友錢穆題字。一九八五年，廖翠鳳將陽明山的住宅及林語堂生前的藏書、作品、一部分手稿、代表性遺物捐贈給台北市政府。

評價——斯人獨秀

林語堂曾自我評價：「我的長處是對外國人講中國文化，而對中國人講外國文化。」

一九三五年6月，賽珍珠在上海為《吾國與吾民》作序，她寫道：「它實事求是，不為真實而羞愧。它寫得驕傲，寫得幽默，寫得美妙，既嚴肅又歡快，對古今中國都能給予正確的理解和評價。我認為是迄今為止最真實、最深刻、最完備、最重要的一部關於中國的著作。更值得稱道的是，它是由一個中國人寫的，一位現代的中國人，他的根基深深地　在過去，他豐碩的果實卻結在今天。」

一九三六年5月，斯諾請魯迅寫出中國當代最好的五名雜文家，魯迅當即寫下林語堂的名字，並且位序排在自己前面。

李敖說，他在台大曾聽過林語堂講授《紅樓夢的考證》，林語堂的「玩世不恭之態，溢於言表」，笑嘻嘻的頗可愛、甚可法，因此李敖從此搖身一變，決定以幽默大師的面目面對世人。

林語堂的「菸斗」同志、美食作家唐魯孫說，林語堂雖然愛笑談，細細咀嚼他的話，都有高深哲理，而且言行表裡如一。

美國《紐約時報》在報導林語堂逝世消息時說：「林博士以淵博的西方知識，導引他的國家和人民舊有觀念現代化。」

林語堂曾被西方社會譽為除孔夫子外，另一位最廣為西方人認識的中國文人。美國總統老布希於一九八九年在美國國會上說，林語堂作品所反映中國文化的觀點，至今仍在影響美國政府。

《本真的自由——林語堂評傳》的作者說：「林語堂以中國的生活經驗和中國思維方式為資源的近情思想，給我們提示的是一條中國知識分子獲得精神自由的可能途徑。」竹如記載：「美國一家出版商塔普林格在遴選亞洲作家時曾說，『我向提出五位為西方所公認的現代遠東作家，但我竟無法提出；除去林語堂博士以外，真不知道還有什麼人可以入選。』」

郁達夫說：「林語堂生性憨直，渾樸天真，假令生在美國，不但在文字上可以成功，就是從事事業，也可以睥睨一世，氣吞小羅斯福之流。《剪拂集》時代的真誠勇猛的，是書生本色，至於近年來的耽溺風雅，提倡性靈，亦是時勢使然，或可視為消極的反抗，有意的孤行。周作人常喜歡外國人所說的隱士和叛逆者混處在一道的話，來作解嘲；這話在周作人身上原用得著，在林語堂身上，尤其是用得著。他的幽默，是有牛油氣的，並不是中國歷來所固有的《笑林廣記》。他的文章，雖說是模仿語錄的體裁，但奔放處，也趕得上那位瘋狂致死的超人尼采。」

二、林語堂看問題的視角不會過時

曾獲諾貝爾文學獎的美國作家賽珍珠，上世紀30年代在上海，想找一位文筆好又懂得中國文化的中國作家，用英文寫一本介紹中國的書，在英語世界出版。她慧眼看中了林語堂，一個她完全陌生的名字，她僅在《中國評論周刊》上讀過他的文章。

她設法找到林語堂。這位曾經留學哈佛大學、拿了德國萊比錫大學語言學博士學位的作家，出生於基督教家庭，當時的名氣並不大，僅僅出版過幾部散文隨筆集。因為自小念教會學堂，英文比中文還要好。並且早年畢業於上海聖約翰大學，被薦至北京清華學校任英文教員。林語堂是那類長期在英語世界裡徜徉，又回頭補修本土文化的文人。他對傳統文化的了解，自然多來自典籍。

一九三五年，林語堂不負所望，寫出《My Country and My People》（《吾國吾民》）在紐約出版後，四個月就加印六次。《The Importance of Living》（《生活的藝術》）影響更大。無非賞花、聽雨、吟詩、弄月，情調高雅，別具一格，浪漫之至。英語世界完全被這無上的樂土吸引：這還是那個辮子拖地、裹腳而行的老大帝國嗎？事實上，林語堂有一雙擅長發現美的眼睛，假使生活中有奸詐、有權謀、有刀劍、有血光，他也會視若無睹，把最閃光的部分抽離出來，向著全世界吆喝。這何嘗不是內在的自信和尊嚴感使然？

他的介紹當然有著很大的盲點。典籍上的中國及其文化，是和現實相差十萬八千里的。難道林語堂毫無意識？

一個富藏良知、擔當道義的作家，應在著作裡展示美好與希望，創造更多詩意的生活和空間，猶如他在長篇小說《京華煙雲》裡，塑造的道家女子形象姚木蘭那樣，身當亂世，始終「正直自持。則外邪不能侵」。這就是說，如果外部世界是邪惡的，只要自身周正，那麼也能夠安度災患。

林語堂把吾國吾民，看得何其之「藝術」！他說，「我覺得藝術、詩歌和宗教的存在，其目的，是輔助我們恢復新鮮的視覺，富於感情的吸引力，和一種更健全的人生意識。」

事實上，中國文化傳統中卻存在著與之相反的強盜文化——春秋末期的越王勾

踐，本是個做強盜的料。他被吳王夫差打敗，作為人質，囚於吳都，守墳餵馬。勾踐忍辱負重，「問疾嚐糞」，博夫差歡心。三年後歸國。臥薪嘗膽，徐圖復興。厚利賄賂吳太宰伯嚭，獻美女、玩好以娛夫差，派奸細探得情報，散謠言離間君臣，讒夫差殺害忠良，送泡過不能出芽的種子，讓吳國顆粒無收，鬧饑荒、亂民心。無所不用其極！時機成熟，一舉伐吳。最後，顢頇、昏聵、腐化的夫差自殺，乃葬夫差，誅伯嚭。因此，司馬遷在為其作傳時，借他的謀士范蠡評說，「蜚鳥盡，良弓藏；狡兔死，走狗烹。越王為人長頸鳥喙，可與共患難，不可與共樂」。

作家楊志軍曾說，「水網高地，草莽蘆葦，讓人想起水泊梁山出沒的好漢，那是官逼民反、追求自由的模範。但導致的結果卻是奪命如麻，《水滸》也就難逃殺人文學的詰難。恐怖主義的李逵做皇帝，自然比假仁假義的宋天子更可怕。」然也，卻不盡然。因為李逵一夫之勇，做什麼都過於顯明，他身上沒有勾踐的「基因」，這樣性格的人，是不可能成為皇帝的，在沒做到皇帝前，早已引來殺身之禍。

評論家王干對此也進行闡說，發現中國四大名著都有殺人癖，「《三國演義》不待說，《水滸傳》也不少，《西遊記》打打殺殺。《紅樓夢》被軟刀子殺死的人命有多條」。

這似乎是另一極，和林語堂理想中的「藝術生活」對稱——它們是兩個極端的世界。林語堂不看重前者，或許他知道，這些不能在全世界招搖，否則會遭受唾罵。

「美國通」聶聖哲導演談好萊塢大片，評價它們每一部都有提升人性的東西，打動我們的就是包藏在裡面的美國文化，那都是內核。《阿甘正傳》其實是勵志片，證明一切人都會成功，只要不放棄；《拯救大兵瑞恩》傳達了美國人的人道精神；《鐵達尼號》則在絕境裡拷問愛情、秩序的力量等等。相反，看看我們當下的電影、電視以及背後支撐它們的小說、劇本等出版物，充滿了快馬、飛箭、人頭、主子、奴才、萬歲，滿眼的鮮血、乳房與權鬥。這很可能會給那些試圖了解中國和中國文化的人，帶來誤解。

如此看來，當初林語堂給美國人寫《吾國吾民》，寫《京華煙雲》等等，其倚重與取捨，的的確確是英明的、富有遠見的。他的視角和藝術不會過時。

三、林語堂風采

一九四三年，林語堂出版了政論集《啼笑皆非》（原名Between Tears and Laughter）一書。本書寫於一九四三年2月，3月中旬脫稿，7月在紐約出版，當年底已是印刷到第五版。一貫溫和寬厚的林語堂，其鋒銳卻在這本書裡脫穎而出，他批評了美英盟國的遠東政策，提出了以中西互補的文化觀建立世界新秩序的觀點。

至於本書用意，他在重慶為本書中文譯本所寫的序言《為中國讀者進一解》裡開門見山地說：「當時骨鯁在喉，不吐不快。蓋一感於吾國遭人封鎖，聲援無方，再感於強權政治種族偏見，尚未泯除，三感於和平之精神基礎未立，大戰之宗旨未明，大西洋憲章之適用範圍未定，自由與帝國之衝突難關未破。」

他自謂：「好夢打破，花落烏啼，余有感於懷，乃作是書，以究世亂之源。其言苦，其志哀，雖謂用血淚寫成，未嘗不可。」

林語堂打破從《吾國吾民》開始從不親自動手把自己的英文著作譯成中文的慣例，他動手翻譯了《啼笑皆非》前半部11篇，後12篇由徐誠翻譯。同年秋，林語堂帶著自譯為中文的《啼笑皆非》全本，隨同宋子文一起從美國乘機，經開羅再到加爾各答，越過喜馬拉雅山抵達昆明，再到重慶。

書稿由設立在重慶白象街的商務印書館於民國三十四年一月（一九四五年）推出，扉頁上有林語堂的獻話：「此書贈良友華爾士先生、賽珍珠女士」。他先後在重慶、西安、寶雞、成都、桂林、長沙等地進行為期6個月的參觀訪問與演講。

林語堂機敏過人，但在對待抗戰問題上毫不含糊。他對抗戰的直接經濟支持，是捐贈4320法郎，承擔了撫養4男2女6個中國孤兒的義務。捐款之後，林語堂對家裡人說了一番話：「金錢藏在我們自己的口袋裡，而不是去幫助別人，那錢又有什麼用處呢？金錢必須要用得有價值，又能幫助人。」

一九四〇年林語堂首次回到抗戰中的祖國，離開重慶赴美前夕，為表示對抗戰的支持，將重慶北碚蔡鍔路24號「天生新村」那套四室一廳的住房連同家具，捐贈給中華全國文藝界抗敵協會使用，林語堂為此還寫了一封信，時任「文協」總務部主任老舍接收了信和房子。

關於林語堂到達成都的情況，當時成都的《新民報》記者記載了這一次見面：

一九四四年，《西風》雜誌主編、幽默大師林語堂來成都訪友。為求清閑，他竭力躲避記者採訪。我從華西壩教授們的一個學術會上得到消息，就作為這個學術會的一員，參與了一系列的接待，也作了一系列的採訪，既得到獨家新聞，又團結了大後方的文化人。林語堂先生於下午搭郵車到成都的消息傳來後，當天《新民報》地方新聞版就刊出加框短消息：「郵車寄到林語之堂」。張友鸞以林語堂乃幽默大師，特用詼諧標題，更加突出了新聞的吸引力。林語堂先生在華西壩上，和大學同行與學生有短期的交誼和學術活動。《新民報》先後又有「林語堂九轉回腸」（壩上學者款待林語堂先生品嚐成都名小吃，有一道菜是豌豆燒豬腸）；「中國林語堂作英文演講」（他應邀在華西壩為大學生講文學創作與抗戰等問題時，是用英語講的）等。林先生看見《新民報》的報導，莞爾不語，但他還是高興的。（《成都追憶》，刊《四川政協報》二〇一五年3月31日）

看起來，林語堂在成都盤桓的地點，主要是在內遷成都五所大學的「壩上」。

抗戰時期，錢穆先生先後受聘於齊魯大學國學研究所和華西協合大學文學院歷史系，後又在國立四川大學授課。林語堂來到「壩上」，錢穆前去一晤。

林語堂與錢穆是同齡，都是一八九五年。國學大師錢穆曾撰文提到林語堂的一段軼事。

他回憶抗戰時在成都初次與林語堂見面的情形。林語堂就是兩指夾著菸捲，一面抽菸，一面談話，菸捲積灰漸長，林語堂談話不停，手邊附近又沒有菸灰缸。錢穆一面看著，一面擔心若菸灰掉落，將有損主人地上美麗的地毯。林語堂似乎漫不在意，且直到菸灰已長及全菸捲十分之七的程度，「卻依然像一全菸捲，安安停停地留在語堂的兩指間」。

後來他與林語堂相交久了才了解，「我行我素」只是林語堂的外相，「但語堂另有他內心之拘謹不放鬆處」，「語堂之幽默，在我認為，尚不專在其僅抽菸捲之一面，乃更有其菸灰不落之一面」。

晚年時節，錢穆與林語堂比鄰而居。英文造詣深厚的林語堂說，看過錢穆的《中國近三百年學術史》，讓他決定從此改用中文作文。

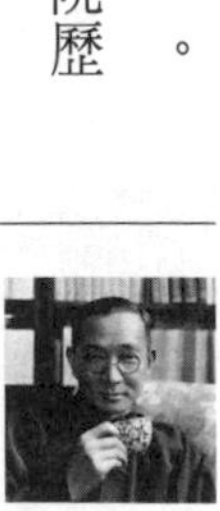

林語堂應該沒有去杜甫草堂、武侯祠、望江樓拜謁，他更沒法抽身去青城山、峨眉山與眉山。他在《蘇東坡傳》中曾這樣描寫蘇軾的故鄉眉州：

「在千年萬古為陰雲封閉的峨眉山的陰影中，在樂山以北大約四十英里之外，便是眉州的眉山城。」「幸虧戰國時代李冰的治水天才，當地才有完整的水利灌溉溝渠，千餘年來始終功能完好，使川西地區千年來沃野千里，永無水患。嶼頤山的小山丘下，稻田、果園、菜圃，構成廣漠的一帶平原，竹林與矮小的棕樹則點綴處處。

對於蜀地地望熟悉到了這等程度，說明巴山蜀水早已滿溢胸次了。似乎再次印證了想像的真實高於事實的真實。

林語堂在20世紀30年代先後創辦了3種刊載幽默小品的雜誌，依時間先後順序的《論語》《人間世》《宇宙風》。其中《論語》創刊最早，為一九三二年9月16日；停刊最晚，為一九四九年5月16日，此時臨近上海易幟，出刊數量也最多，共出177期。自第27期開始，改由陶亢德主編。

《論語》出版了許多篇幅較大的「專號」，如「美術批評專」「蕭伯納遊華專號」等等，一九三四年1月1日，由時代書局推出的第32期為「陽曆新年特大號」，是老舍先生的提議，現在許之為民國期刊中最早的「新年特大號」。李宗吾的《厚黑學》就刊載於這一期。

徐大風在《李宗吾的「厚黑學」》一文裡指出：「後來直到林語堂博士，在上海主編《論語》半月刊，提倡幽默，李宗吾便又寫了一篇「厚黑論」，投到《論語》方面，居然大得林博士的賞識，不但刊出，並且加以鄭重的推薦，所以『厚黑』在《論語》時代，也算是小小出了一次風頭。」

林語堂與李宗吾緣差一面。一九四三年9月28日，一代宗師李宗吾終因不治，於自流井宅內壽終正寢，享年64歲。

林語堂在成都短暫逗留期間，還見過不少名流，比如張大千。

20世紀60年代後期，一次張大千由巴西路過紐約去歐洲辦畫展，他特別買了一個新鮮肥大的魚頭來拜訪老朋友——林語堂。林夫人將魚頭做成一道紅燒魚頭菜，林語堂的千金相如也做了一道時鮮菜餚——「煸燒青椒」來招待這位從巴蜀走出來的藝術大家。

林語堂平時不喝酒，老友重逢實在難得，特意開了兩瓶台灣花雕酒助興。酒過三巡，話匣打開。他們回憶起一九四四年初，林語堂來到成都，張大千剛好從敦煌莫高窟臨摹壁畫回到蓉城，四川省主席張群特意為他們倆接風洗塵。陪客有著名詩人、書法家沈尹默等，沈尹默與林語堂是老友，闊別多年，相談甚歡……滄桑巨變，不覺一晃二十多年過去了，兩人撫今追昔，感慨萬千。

一九六六年，70歲的林語堂告別在美國的幾十年生活，到台北定居。林語堂七十大壽時，張群等要人寄來賀詩，林語堂詩興大發，依客人賀壽詞《臨江仙》原韻填詞，詞中既感嘆人生，又表明不留戀海外、葉落歸根的本性：

三十年來如一夢，雞鳴而起營營，催人歲月去無聲，倦雲游子意，萬里憶江城。自是文章千古事，斬除鄙吝還興，亂雲捲盡盜紋平，當空明月在，吟詠寄餘生。

七十古稀，只算得舊時佳話。須記取，岳軍曾說發軔初駕，冷眼數完中外賬，細心評定文明價。有什麼了不得留人，難分捨。

林語堂與張群交情深厚，在台北陽明山尋訪林語堂故居，林語堂書櫥一角放著一枚鎮紙，分兩行刻：「起得早，睡得好，七分飽，常跑跑。多笑笑，莫煩惱，天天忙，永不老。」

這是國民黨元老張群過生日時，林語堂繪畫了一幅比例奇特的奔馬圖作為賀壽禮，奔馬發力前奔，雄姿英發，筆力瀟灑。題款「岳軍老友一笑，弟語堂試筆」。張群於是回贈給林語堂這一枚語意幽默的鎮紙——斯文已去，斯文長存！

I．另闢蹊徑

成功是不能——從抄襲中成功或從模倣中成功。成功是個人的創造，是由創造的力量所造成的，一個人離開了自己，不想做自己的人，而想做別人的人，不想表現自己，而想表現別人的人，他總是會失敗的。「力量」是內發的，不是外來的。做你自己——就是有實力的人！

世間每種職業、每種行業，都有可以改進之餘地。有創始力量的人，永遠不患無人歡迎，不患無用武之地。世界上能為有思想，有主張的人留出地位。社會中的最有用的份子，就是有思想，有創始的力量，有推陳出新的方法和主張的人。這種人到處需要，到處歡迎。然而，社會對於那些一板一眼的「機器人」的需求，卻並不大。

「創始」「特殊」，最能引人注意，所以可以說是帶著大量的廣告功用的。做事無以異於常人的人，雖則本領高強，也不能受人注意。但假使一個人能夠別出心裁，用創始的，進步的方法做事，而處處都突顯出他的「特殊性」來，則他自然能受人注意，而凡曾與他認識的人，就是成為他的廣告「口碑」了。

但是你不可存一種錯誤的觀念，以為做事只要新奇。要知道只有實際的，有效的「創始」才有用處。世間有無數的人，常在追尋做事的新方法，新主張，然而從來不會有重大的成就，就因為他們的所謂創始精神，是不實際的，沒有效率的。

世界上需要那些能夠以更新更好的方法做事的人。不要以為你的主張尚是無例可援，或者以為你年紀還輕，做事不多，所以必不能為人所理睬。凡是能夠將新鮮的，有價值的東西，貢獻給世界的人，不會沒有人理睬，沒有人注意。有堅強個性的人，敢於思他自己的思想，開創他自己的主張，方法，不肯亦步亦趨，而敢表現他自己的地位，最易為人所認識。能夠引起在上面的人或其他人也注意的，無過於做事方法的創始性與特殊性，假使那創始性是有效率的話。

每一個成功者都有一個開始。

勇於開始，才能找到成功的路！

一個青年人所當做的一件最聰明，最重要的事，就是在其所做的事上，表現出最大的「創始性（Originality）」。在出發從事事業之前，立下志願，要求在自己手中所做出的每一件事上，都烙上自己的個性，印上自己的品格，以當作你的「盡善盡美」的商標。假使他能這樣做，則他不必需要大量的資本，去進行事業。他的資本，就具備在自己的身上。

2．人格操守

林肯去世已經很久，然而他的聲譽卻是益發光大，有如日月經天，江河行地。為什麼？這是因為林肯生前，公正自持，廉潔自守，從來沒有作賤過自己的人格，糟蹋過自己的名譽的緣故。在世界歷史中，再找不出第二個人，其擁護正義的力量之偉大，對於世界文化影響的深切，可以比得上林肯這個人。「人格操守，是世界上最偉大的一種力量。」由林肯可以得到證明。

青年人在開始進行事業時，假使能下一決心，將自己的人格，操守當作事業上的資本；而做任何事，都求無背於人格，則他在日後，雖或不能得名得利，但絕不致在事業上失敗。反之，一個人在中途失掉人格，操守的人，卻永遠不能成就真正偉大的事業。

人格，操守，是最可靠的事業上的資本，這一點，許多青年人總是見不及此，

見到好的楷模，就急急追求，拼命想迎頭趕上。他們在事業上，願意出大量的金錢，去借用一個已經死去長久的人的名字（當作招牌）呢？豈不是因為在那人的名字是包含著人格的力量，代表著信譽嗎？想著有些人的名字，在商業界中，其信用穩固與牢靠得如同磐石一樣，就可明白人格的價值了。

青年人明明知道這些事實，但還是想建築其事業的基礎於技巧，詐謀手段上，而不建築在人格，信用的基地上，寧非怪事？青年人之心勞咄咄，以欲置其事業於疏鬆不穩固的基地上，而不措之於信義，正直的磐石上，寧非愚不可及？

除了誠實，世界上別無可靠的東西，有不少人，因為離開了誠實，而終至於失敗。在牢獄中，就充滿了那些想要用誠實以外的方法，以冀求得便宜的人們。

雖說世間也有僥倖存在，但成功卻不在僥倖之內。成功的關鍵在正直、公平、誠實及信義，離開了這些，人必不能得到真正的成功。

每個人都應覺得，在自己的生命中，是有著寶貴的人格；在這個人格，為非富貴之所能淫，貧賤之所能移，威武之所能屈；這個人格，為任何代價所不能購買的；甚至在必要時，寧可犧牲了自己的生命，以成全此人格！

林肯做律師時，有人請他為一件訴訟案中理屈的方面辯護。他回答說：「我不能做這事。因為到了當庭陳詞時，我的心中，一定會不住的這樣想：『林肯！你是說謊者！』我相信，那時我會忘形，而這樣的高聲地說出來！」

一個人能夠知道尊重自己的人格，不把自己當作一件商品，而不肯為了薪水、金錢、勞力、地位，以出賣自己的人格，降低自己的操守，則他一定能成為社會中重要而有力量的份子。

3・休息不是懶散

不論終日用體力或腦力工作的人都需要有休息時間。不過休息和懶惰是有分別的。而且，時間是世界上最寶貴的東西。因此，即使是休息，也要好好的利用。

有許多人，以休息為藉口，而去滿足他們懶惰的欲望。往往有人說日間做了事，晚上就應該休息，不宜再看書或做其它的事，而去從事他們所謂的「消遣」活動，事實上，卻比看書、做事，還耗費精神呢？

睡眠以外的休息，並不是閒著不動，而是可以從腦力和體力兩點來講的。用體力工作者，最好的休息方法是運用腦力，諸如看書、下棋等等，使思想可以活動，而身體得到休息；用腦力的人，則應該運用體力活動，以使腦子得到休息，如種花、散步、打球等等，都是非常適宜的休息方法。

至於睡眠，那是每一個人所需要的較長時間的休息，應該拋棄一切，得到充分的休息，到了睡眠時間，就應該靜心去求安靜。

4．打破托延的習性

我們每個人在一生中，總有著種種的憧憬，種種的理想，種種的計劃；假使我能夠將一切的憧憬都抓住，將一切的理想都實現，將一切的計劃都執行，則我們事業上的成就，正不知要怎樣的宏大，我們的生命，正不知要怎樣的偉大！然而我們總是有憧憬而不即去抓住，有理想而不即去實現。有計劃而不即去執行，終至坐視種種憧憬，理想，計劃的幻滅，消逝！

希臘的神話，智慧之女神，有一天突然從眾神之王宙斯的頭腦中，披甲執戈，一躍而出的。人們的最高理想，最大的意象，景仰的憧憬，像雅典娜一樣，也往往是在某一瞬間，突然從頭腦中很全備很有力地躍出的。凡是應該做著一事，而托延不即去做，而想留待將來再做；有著這種不良習慣的人，總是弱者。凡是有力量，有能耐的人，卻總是那些能夠在一件事情意味新鮮及充滿熱忱的時候，就立刻迎頭去做的人。

每天有每天的事。今天的事是新鮮的；與昨日的事不同；而明天也自有明天的事。所以今天之事，應該就在今天做完。千萬不要托延至明天。

托延的習慣很有礙於人的做事。過度鄭重，與缺乏自信，都是做事的大忌。在興趣，熱誠濃厚的時候，做一件事，是一種喜悅；興趣，熱誠消滅時，做事是一種痛苦。

擱著今天的事不做，而想留待明天做；就在這個托延中所耗去的那段時間內，其實是可以將事情做好的。當人們在做以前積疊下來的事，都會覺得多麼的不愉快而討厭！在當初原來可以很愉快容易地做好的事，托延了數日，數星期之後，就要覺得討厭與困難了。

命運無常，良緣難再！在我們的一生中，每有良機，佳會的到臨，但總是一瞬即逝，當時不把它抓住，以後就永遠失掉了。

5・謙虛、誠懇、勤奮

不久以後，有一個新聞系剛畢業的同學問我：做一個成功的新聞記者需要具備什麼條件？我的答覆只有六個字——謙虛、誠懇、勤奮。

「學識，經驗、機智難道不重要嗎？」

「這些都是時間加上勤奮所必然產生的。」

新聞記者接觸面廣，關係容易建立，要想暴得名利並非難事，但想長久得到他人衷心的歡迎與讚譽，則非保持上述六個字不可。

名記者不是寫幾篇文章，找幾個達官貴人品題所能獲致，他必須謙虛的不斷求上進，誠懇的博取別人的友誼，勤奮的多跑幾條權威而獨家的新聞。

不管你的生命歷程有多遠，不管你的事業成就有多大，假如有一天你與這六個字分離，你就不能算是一個成功的新聞記者。

被譽為經營很成功的合眾社（UPI），也承認成功是沒有終極的，她的報史——「截稿時間」（Dead line Every Minute）的結論中也指出：「即令在五十年之後，依然無人敢表自滿，謂目標已達成，或者夢幻已告實現。」

這點，不僅是一個機構，不僅是一個新聞記者，它也應說是每一個人求取成功最佳的保證。

古代希臘詩人索福克里斯（前四九六年—前四〇五年）說：

「不付出勤勞，無事業成功。」

今日世界上大多數的人都要謀一份工作，雖然奴隸的時代已成過去，但是你要想長久保有一份差事，並且能夠得到「老闆」的讚賞，你必須要靈活地運用腦力與採取主動，要以群體思想代替個人主意，下面有十個問題供你參考：

一、你是否不斷地提高警覺，覓求更有效的工作方法。

二、你是否在工作上小心地節省時間與物力，正如做自己的事情一樣。

三、你願意接受批評，而把它當作一種助益嗎？

四、你盡量避免閒談同事們的是非嗎？

五、如果有必要，你肯多做工作而無報酬或不抱怨嗎？

六、你為你的工作而保持整潔與合適的服飾嗎？

七、假如你有憂傷的或困難的問題時，你會向你的上司坦白陳述嗎？

八、你肯遵守所有的安全規則嗎？

九、你能盡可能不與同事發生金錢關係嗎？

十、你能誠實的說，你滿意你正在做的那份工作嗎？

——以上十個問題，最理想的答案，都是肯定的。

6・快樂必須自己去尋找

作家葛若寧敘述了他的一個經驗：

有一次他在飛機場等待一架為惡劣天氣所阻，久久盤旋而不能降落的飛機。時間一小時，一小時地過去。葛先生注意到一位等待未婚妻的青年人那極度焦急不安的情形。時間每過一秒。他的情形跟著惡化。

這位有名的作家知道，若是勸這位青年不要擔心是毫無用處的。於是他採用另一種方法，他走向前去和他聊天，問起他未婚妻的情形，她長得什麼樣子？他們是怎樣認識的？那青年於是就非常起勁地談論自己的未婚妻，不久他的憂愁竟暫時忘記了。在他不知不覺的時候，飛機已經降落了。

葛先生所用的方法，乃是將積極的思想放在青年人腦中。你腦中若有消極的思想，也可以同樣的方法，將注意力集中在那些使你得著快樂和希望的事物上。

——你注意力的焦點平常在哪裡？是注意到你的過失，或是你所作的貢獻？你所獲得的批評或是誇獎？集中在你的憂慮和恐懼，或是希望與夢想上？是想到失敗或是成功？想到所會遇見的障礙，還是所要達到的目的？你所想的是什麼，就會決定你的態度，你的態度就決定你的命運。

——你的姿勢會左右你的情緒。攤在椅子上就會覺得疲倦，挺起胸膛就會覺得精力充沛。軟弱無力地坐著就會有怯弱的感覺，直立起來就會高興及充滿生氣。

——你的聲音也會影響自己的情緒。聲音柔和，頭腦就會冷靜，說出尖銳的話，就會有忿怒的感覺。說話遲疑，就覺得不安全。聲音堅定有力就會充滿信心。

——你的舉止、走路的樣子、說話的方式、寫作的筆調，都會影響你的情緒。你對外表及舉止加以管制，就能間接地使你的內心煥然一新。

——你的作事態度，若是熟練而技巧，不加壓力地去作，就不容易感到疲倦，精力也會充沛，就會更容易成為快樂、健康及成功的人。

蒙特里奧大學的賽毅博士說：「每個人都有自然的壓力水平，在這個程度上，他身心的作用都是最有效的。若是加以任何外力，使他離開了這基本的水平，就會

發生不良效果。

賽毅博士是位心理醫生，也是研究人所受壓力的一位權威。他說：「對一個生來活潑有精力的人加以壓力，使他步伐緩慢，與使一個生來動作緩慢的人加快步伐，兩者是同樣不好。」

勉強自己以一種與個性不相配合的速度去工作，乃是最足以破壞寧靜與造成憂慮的不智之舉。應當從事試驗，找出一種最配合你需要的速度。一旦決定了最有效的步伐時，便照著這節拍前進，不要隨意更改。無論什麼事情臨到，你只要愉快地選擇，就可以消除被強迫的感覺，這樣也就會使你改變態度。

7．發展潛在品格

每個人對於「不同凡響」、「獨一無二」、「新發明」、「省錢省力」這些字眼，似乎都有一點符咒作用，它們投合了人們內心存在卓越不群，可以在人群中特別受人注目，嶄露頭角等願望。

實際上，這種本性並沒有什麼不對，而且根據心理學家說；這種根本願望，如果能善為利用，還可以幫助人發展其未用過的才能和潛伏的能力，甚至最內向和最不活躍的人，也可以受它鼓舞。

但是一般人往往為了建立這種幻想，而耗費很多的時間、金錢和精力，甚至畢生都為此「虛度」，終至一事無成。

如果我們能致力於從內心去建立自己的不平凡個性，則我們必可大量消除目前正困惱著我們的不快活、不滿足和挫折。

雖然人在根本上是不會變的（應該說是不容易改變的），可是藉發展這種潛在品格，加強其固有德性的辦法，卻可使自己得到一個新的個性。

這種訓練在時間上可能需要很長的時間，甚至是畢生，然而，受益卻非常大，即使畢生努力也是相當值得的。

8・知足常樂

每個人的客觀條件和自身事物的不同，所以幸福的定義，只能限於個人主觀，也就是只有心理感受的相應關係而已。

一般世俗的所謂「幸福」，也就是一個人對生活的願望，最基本的該是健康長壽，其次是子孫後代的繁榮發展，再其次便是屬於自己的財富。

首先是屬於本身的，不論窮富，人總希望能多活幾年，世人所謂「好死不如賴活」，那就是要健康，要永保青春、延年益壽。其次是屬於自己死後的幸福，也就是人生終極目的幸福。

因為傳宗接代是人類，原始本能，不管自己終生榮辱，總喜歡能有出人頭地的後代，莊稼是別人的好，孩子是自己的好，死後有個理想的接棒人，也是人的幸福。最後是財富，在物質慾望高昂的今天，沒有人不以財富為最高幸福的。過去有

「人為財死，鳥為食亡」的古諺，為財富而情願犧牲自己生命，可知財富本身帶給人們多大的誘惑。但事實並不如此，多少人卻因為有人多餘的財富，而遭到無比的困擾和苦惱。

其實，任何慾望帶來的幸福，都會空虛沒有自信的，只有滿足才是最高的幸福享受。國人所說的「知足者常樂。」那才是真正的幸福，非常充實，也非常可靠，因為幸與不幸之間，只隔了一層薄紙，而你本身就是那層薄紙，你認為那是幸福便是幸福，你認為那是不幸，便是不幸。

有一對年輕美國夫婦，從紐約往南行，到了一處幽靜的丘陵地帶，看見小山旁有個木屋，木屋前坐了一個當地居民。那個年輕的丈夫就問鄉下人：「你住在這樣一個人煙稀少地區，不覺孤單嗎？」

那鄉下人馬上接著說：「你說孤單？不！絕不孤單！我凝望那邊青山時，青山給我一股力量。我凝望山谷，每一片葉子包藏生命的秘密。我望望藍色的天，我看見雲色幻變成永恒的城堡。我聽到溪水淙淙，好像是正在向我心靈細訴。我的狗把頭靠在我膝上，從它眼中我看到忠誠的信任。這時我看見孩子們回家了，衣服很髒，頭髮蓬亂，可是嘴唇上掛著微笑，叫我『爹地』，我覺得有兩隻手放在我肩頭，那是我太太的手。碰到悲愁和困難的時刻，這兩隻手總是支持著我。所以我知道上帝總是仁慈的，你說孤單？不！不孤單！」

希臘大哲學蘇格拉底說——

知足是天然的財富；

奢侈是人為的貧窮。

9・健康、德性、智慧

在整個人生的過程中，僅是學問的獲得或智力的發展，仍是沒有多大價值的。許多受到不完全或單方面教育的人，已經證明不過是世界上的庸人俗夫罷了；再作深一點觀察，那些「偉大的才能」，有時反是作惡的工具，試看歷史上的奸賊壞蛋，不正是智識才能超群出眾的人物。

俗云：「專事鍛鍊身體，可以成功體育家；專事栽培道德，可以成功道學家；專事發展智識，可以成功畸形的奇人，只有聰明地從三方面聯合修養，才能成為一個完備的人。」所以，一個能夠展開雄才大略的偉人，一定曾經自己栽培自己，注意身心和智力三方面平均發展，而得到真正教育的人。

我們都知道，才幹得教養則榮，不得教養則衰，但每種才幹必須一種適宜的教養；因此，施於甲的教養，不一定適於乙，施於乙的教養，也絕不一定能適於甲，愛迪生幼時在學校裡被認為是一個沒有希望的孩子，但在他母親的教養之下，終究成為一個大發明家，這正是一個絕好例證，同時，他也是得到真正教育的一個人。

人類之所以常會終生鑄成大錯，大多是因為他們不曾明瞭自己，假如我們把我們的才能估價過高，希望和成功斷不會接近；假使你估價過低，企圖和事業也斷不會相輔。以上不論那種情況，只要我們犯了當中之一項，終身斷沒有改進現實，使自己感到滿足的一日，所以，當我們遇到一種職業機會時，首先我們應該看看自己是否適合那種職業的範圍。

一個人要尋出自身能力的特點，明白怎樣去加以訓練，便切合實用，他必須確切地知道最適合自身的工作和地位（職務），那麼，當職業的機會來臨時，便可以努力以赴，獲得成功了。

不幸的是，世上有許多對於他們自己的弱點和特點，除非經過失敗的教訓以後，總不能認識清楚，往往要到當他們受到阻礙的時候，才看出怎樣便可以獲得成功，但他們的眼睛實在睜開太遲了。

10・意志、決心、成功

許多人企望成功，但卻從想到自己應該下一番決心去達到成功的地步。他們永遠是等候機會跑到面前，叫他可以隨手招來，毫不費力。

意志和決心是成功的要素，它能把你帶到江河的上游，不管水流是多麼湍急，沿途障礙是多麼層層攔阻，一路過關斬將、水到渠成。

人在年輕的時候，也許曾受過良好的教育，但是非等他自己曉得如何選擇自己的道路之後，他便難能成就甚麼事業。世上有許多人等待著別人來推動他，鼓勵他，援助他，而其實他們所能得到的是永久失望，即或是有一日他們所希冀的助力臨到他們，他們所期待的機會來到了，這樣的人們也決不會有能力去抓住它。

他們永遠向人表示，祇要他們也能像別人那樣的機會，或是能讀大學，或是能受某種訓練，他們就也能作出一番驚天動地的偉大事業。但是，因為沒有人送他們入大學唸書，沒有人叫他們受甚麼專業訓練，也沒有人來幫助他們做些什麼！因此，他們祇能繼續等待下去。

可是，同時卻有許多人並沒有進入甚麼大學而成了名，有許多人並不等待甚麼別人的幫助而自己創造了前途。

一切困難、挫折、凌辱、嘲弄，和逆境，都會讓意志堅強的人更加堅強，更加勇敢。所以，在達到成功的途徑上，什麼都不可恃，可恃的只是——剛毅的意志和堅定的決心。

II・不亢不卑

在這個世界上，別人對你印象的好壞，每每決定於第一次見面，並且是那麼堅牢而不易更改，所以，第一印象是非常重要的。

首先，你應避免過份做作，因為面部表情太多，將會使人感到虛偽；更不應該擺出一副冷冰冰或刻板式的面孔，要想給人一個好印象，面部表情，切忌太緊張，對於對方的說話內容，應該採取適當的反應。

談話的態度也是很重要的，最好多聽少說，只顧自吹自擂，唯我獨尊，自己滔滔不絕的人，下次將再也沒有人想跟他交談，尤其是那些處處表示自己有學問，樣樣挑剔別人錯處的人，最易引人反感。

過份自尊，對甚麼人都瞧不起的人，固非所宜，但對甚麼人都自慚形穢，凡事過份自卑，唯對方之言是遵，也非所宜，最好應該是不亢不卑，保持適當的情緒表現，此乃獲得別人良好印象的不二法門。

所以說，既不自卑，也不高傲，才是明哲保身之道。孔子說過：「過猶不及」，指的就是凡事要恰當適中，超過或不足都不適當並不足取。

人永遠在朦朧的路上走著，走向黎明，要在那裡建築一座夢想中的城堡。有時他也在日沒的小徑上走，到了晚上小徑就看不見了。可是曙光又會再度照臨小徑，隨著新的一天的來臨，他又走向陽光耀眼的康莊大道了……

12・處事容易處人難？

俗語說：「處事容易處人難」，這一點說得並沒錯，的確，一樁事業的成功，雖非偶然，但也不是遙不可及的。最重要的還是你必須與四周人物和諧相處，進而獲得他們的友善與支持。

因此，當你認識一個新朋友，或到一個新環境時，首先，你得保持一個適當距離，這並不說你對朋友要冷淡或疏遠，主要的是你可以藉這個時間去認識對方，瞭解對方。

如果經過一段時間的交往以後，你認為他還存在著許多為你所無法接近的「惡習」時，你就可藉這個「半生不熟」的機會離開他，否則，一交上朋友就稱兄道弟的，一旦分手，不但失去「朋友」，反將在對方心靈劃上一道裂痕，朋友沒交成敵人倒是多一個了。

友誼是逐步漸進的，絕不是三言兩語就能建造起來的。所以，當你和一個朋友初見面的時候，千萬不要大吹大擂的說得天花亂墜，你的優點最好讓對方慢慢去體會，切不要為了爭取對方好感，而輕率的多說廢話。

當你同朋友在一起而感到無話可說時，這時，你可以問他一點有關於他個人的問題，諸如問他的工作、經驗、意見、贊成或反對的理由，這樣，你不但能藉此進一步瞭解他，而且也能很輕鬆地把僵局打開，造成一個非常和諧的局面。

當你對方提出一個問題之後，你當然要聽它的解答了，這時你應該靜靜地用耳朵來聽，並在對方的說話中，適時加插上一兩個短短的話語，以表示你是在注意聽他的話，使他覺得他的說話是有價值的。

有時不妨偶而餽贈對方一點小物件，這不是施小惠，而是表示你隨時都有關心他。一條領帶，一雙絲襪，都能得到超過這些物品價值數十倍數百倍的收穫。

或者找一個適宜機會，對他來一個有理由的稱讚——不是阿諛諂媚式的稱讚。你能如果這樣做，你就能滿足一般人的欲望——讓他覺得自己是成功了。

你要人家對你發生好感，首先你得先對人發生好感，否則，你老是無所謂地遠離別人，試想，別人對你又怎麼會有好感發生呢？因此，你應隨時記住對方，不要

凡事都抱著自以為是的態度。

除非你是一位特別善於演戲的人，否則，千萬不要太過於強調你的表情和姿態的做作，以免弄巧成拙地使人發生惡感。尤其當對方跟你談話的時候，你所要的只是表示一個自然的你，一切人為的做作，除了令人感到你內在的不實和虛偽之外，絲毫不會有什麼好處。

當朋友正忙於處理要務或研究一個問題時，切勿拿其他問題去跟他討論，因為這時他是不喜歡有人去打斷他思潮的，如果你在這時去跟他談論另一個問題，那他一定會認為你是一個不識趣的人，而增加日後交往的障礙。

在這個完全是人與人所組成的社會，只要你能瞭解上述這些要點。你必須得心應手的去應付四周人物，對方也將對你發生好感，處處協助支持你了。

13・寧靜之道

內在的身心寧靜由於日常的控制感情，這既無秘訣又無捷徑之可言。單憑著一兩本書即想身心寧靜亦屬妄想。獲得寧靜的惟一辦法，行之若素，思之以恒，同時要有信心。

最簡單的基本實踐先求身體上的鎮定，不要用力踏地板。不要擦拳搓手。不要拍案叫絕怒吼。不要來回地踱方步，不要往牛角尖鑽。人在漸動興奮中，動作隨之趨於急切。為了避免言行急躁有一最簡便的巧妙方法——站穩、坐下、躺下。竭力設法把說話的聲音壓得低沉有力一些。

言行平和必先思想清朗，言行繫諸心境，而心境影響言行。一個人的身心是永遠相互為用，有一位朋友天生是個急性子，碰一碰他就捏起拳頭，提高喉嚨，但他有自知之明，易言之，他控制得住自己，每處此境，他立刻把手指頭伸直，絕對不

容彎起來，竭力地把聲音放低，低得似在耳語。他說，「一個人是不可能用耳語跟別人吵架的呀！」

這是控制情感上暴躁、急促、興奮、緊張最有效的經驗之一，謀求寧靜的初步當然是先從身體的動作下手，慢慢地會覺得祇要壓得住暴躁倉促的動作，情感的熱烈自然低降，等到熱烈的情感洩了氣，又怎麼暴躁得起來。這時候你發覺因為不再暴躁，節省下無數精力，因此你不再會常常疲倦得可怕。

遇事冷靜，或不感情用事，或恬淡融融。在某些境遇下，即使顯得遲鈍些又何妨。如此待人處事決不至搞到感情破裂的程度。言行修養到這個地步，則對人、對社會、對國家對世界的態度必然合情合理而恰到好處。

人各有其聰明、智慧、個性，為理智和感情的平衡發展，不妨遲鈍恬淡冷靜一點，此乃中國聖賢所主張的「大智若愚」是也。

為了寧靜平和，下列六點，若得經常身體力行，對你今後的生活必有裨益。

一、清心靜坐，絕對地就是寧靜沒有一點兒思慮。

二、靜坐完了之後，慢慢地想到自己的心像一面湖，先是澎湃不已，繼而風息浪平，繼而平靜無波，最後冷靜得無一絲兒縐。

三、寧靜之後想一兩分鐘，想那美麗最平和的景色，遠山紅霞，黎明朝暾……曾歷其境，又臨其境。

四、緩緩默誦清平、朗爽、和寧的字眼、詩詞、名句。

五、回憶平生無愧於衷而心安理當的一些詩事。

六、求心的一貫寧靜，複誦古今完人修身致靜名句。一字一句細細咀誦，而臨絕對寧靜之境。

14．精神之友敵

驅除種種精神上的敵人，是需要不斷地，有系統的，堅毅的努力。沒有決心同毅力，決不能成就重大的事。我們怎能肅清我們心中的不良思想，揮斥它們於我們的意識圈外，而使它們不來重叩我們的心扉。假使我們不拼命的抵抗它們，驅除它們！

思想觀念，像別的東西一樣，是同類相吸，異類相斥的。心胸為某一種思想所佔領，則這種思想一定會將與之相反的思想驅除；樂觀的思想會驅除悲觀，愉快會趕走悲愁，希望會趕走失望。心中充滿了愛之陽光，怨憎同嫉忌的思想，自然會逃走的。在「愛」之陽光下，這些黑影不能生存。

你當很堅決的認定，你的生命，原來應該是充溢著愛，美、真；你的生命，原來該表現出這些，而不是表現出與之相反的東西。

常常對你自己這樣說：「每次有一個憎怒，惡毒，自私，報復，悲愁，懊喪的思想侵入我的心胸，即不啻予我自己一種傷害，而在自己心境的平安上，自己的幸福效率上，蒙下致命的打擊！那種種不良的思想，都足以阻撓我生命的前進；我必須立刻用相反的思想去消滅它們。」

不斷的充溢心中以良善，忠厚的思想，愛人，助人的思想，真實的思想，健全的思想，和諧的思想，則一切不良的思想，自會望風遠遁了。兩個不同的思想，不能同時存在於一個心胸中。真實的思想與錯誤的思想，和諧的思想，善的思想與惡的思想，是互相剋制的。

愛人，助人，善意，親愛的思想，都足以喚醒我們生命中的最高尚的情操。它們能給予我們以康健，和諧，力量，它們是生機之給予者。

在做小孩子的時候，我們在鄉間赤足走路時，我們都知道避免尖銳的石子與磚塊，使腳底不致受傷；然而我們為什麼不知道去避免那些可以使我們受傷，使我們受苦，而在我們的生命中遺下醜惡的傷痕，種種不良的思想——憎惡，自私，嫉忌，悲愁，頹喪，恐懼等等思想呢？這不是一件困難的事，只要把許多精神之友，請進心中；把許多精神之敵，逐出心胸就是了！

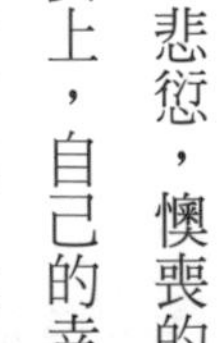

15．我是如何擊潰我的煩惱

有一位著名的拳擊家，如是說了一段話——

在我漫長的拳擊生涯中，最大的勁敵可說就是「煩惱」。我由於克服這煩惱，才獲得我在事業上的活力和成功。我用來克服煩惱的方法，大概如左：

一、為了比賽時意氣沮喪，我常常不絕地督勵自己。例如和菲爾普比賽時，我一再對自己這樣說：「不管怎樣，我決不懦怯，我決不會被他擊傷。不管怎樣，我一定會獲得勝利。」我一面嘴裡這樣說著，一面在內心裡抱著必勝的心理。這實在有很大的效用，因為這可以使自己忘了會遇到對方的打擊。我曾經嘴唇被打裂，眼睛被打腫，肋骨被打碎；有一次，我竟被菲爾普打到繩圍外面去，結果跌在新聞記者的打字機上，把這打字機都壓壞了，但我還是毫不感到自己已經被打中。

二、其次，是對比賽之前所起的煩惱的排除。每當一場大決賽之前，我常常會這樣擔心！這次也許我的手臂會被打爛，我的大腿會被擊碎，我的眼睛會被打得突出，甚至我的生命會送掉。由於這樣的一再憂慮，我神經過度緊張，以致失眠。但這時我會對自己這樣反省：「我真太傻了，事情還沒有發生，而且不一定會發生，這樣傻想它幹什麼？人生很短，未來的事，何必想得那麼多那麼遠。人生要快樂，不要自尋煩惱，毀了身體。勇往直前！無所畏懼！」因為我不時用這些話向自己提醒，久而久之，好像我的皮膚增加了抵抗力，煩惱的毒菌也就無法侵入了。

三、還有一種很好的辦法，那就是祈禱。我在比賽之前練習的時候，不消說一天要祈禱好幾次，就是在正式比賽之前，每場開始之前，我也要祈禱。因為這能給我勇氣和自信。我平日不祈禱不上床，不先感謝神也不進食，我的祈禱有效驗嗎？有的，每一次都有效！

16・自求進步

我們隨時隨地可以看見，那些天分頗高的青年，一生只做平凡的事業，就是因為他們的天分雖高，卻沒有受過充分的訓練，培植。他們從來不想求自己的進步。他們熙往攘來，所看到的，只是月底的領薪水，與領到薪水以後的幾天中的快樂時間。結果，他們的一生事業，有退無進，總是卑不足道。

人們只能利用其一小部分的天賦才能，以從事事業，而不能由教訓與訓練，以使得全部的天賦才能，皆可應用；則他們在事業上，一定要受很大的虧累。本來足以役人的人，因為沒有受過相當的教育與訓練，就不得不降為役於人了。

教育即是力量。你能拾得一分知識，讀一些書籍，在自修上下一分功夫，就足以助你在事業上得一份上進。我認識一些年輕人，薪水很低，工作很苦，但他們利用其閒暇的時間，以求上進；比之其在日間的工作，更為努力。在他們看來，薪水倒是小事，而求知識的進步，卻是大事。

多儲一分知識，就足以加多一分生命。這種零星的努力，細小的進益，日積月累，可以使你於日後大佔便宜，可以使你成為更廣大，更充實，更豐滿；可以使你更能應付人生。

我認識一個青年，他常有機會坐了火車，輪船，旅行遠方。每次在舟車上，他總是隨身帶了些讀物，如像袖珍書本呀！函授學校中的講義呀！細心研讀。他總是利用了那易為一般人所浪費去的零星時間，來求自己的進步。結果，他對於各門學問，都有相當的認識。他對於歷史、文學、科學，及其他各國重要的學問，讀書很多，研究很深。

許多人在空閒的時間，虛擲光陰，或者只做些有損無益，比不做更壞的事；以視上述的那個青年，能毋愧死！

隨時隨地，孜孜於求自己的進步的精神，是一個人的「優越」的標記，與「勝力」的徵兆。

只要有人告訴我，一個青年怎樣度過他的工餘時間，怎樣消磨他的漫漫的冬夜黃昏，我就可預言出那個青年的前程是怎樣。

有人或者他為利用閒暇的時間來讀書，總得不到多大的成績，其成績總不能與

學校教育相等。因之而不想在閒暇的時間讀書；這無異於一個人，因為自己的進款不豐，以為雖則儘量儲蓄，也不能致鉅富，因之一有金錢，掃數揮去，不稍儲蓄！但是你不看見有許多人，就是因為利用了零星閒暇的時間而求得了與學校教育相等的教育嗎？

教育的價值之高，與對吾人關係之重要，無過於今日，生活競爭日趨劇烈；生活日形複雜。所以你必須具有充分的教育訓練，以當作你的甲冑。

我們大多數人的缺失，就在一心想望著在頃刻之間，成就大事，其實事情是要漸漸而來的。我們能夠不斷的努力著讀書自修，以使我們漸漸的成為更廣更大，漸漸的推廣我們知識的水平線，纔能有裨實際。

將一絲絲的閒暇時間，鑄成種種的知識，知識是可以給予我們能力，而使我們得以上進——這真是多麼好的一種機會！難道你將不知輕重的把這種機會拋棄？

一般青年人，無意多讀書，多思想，而不想在報紙，雜誌，書籍之中，儘量攝取各種寶貴的智識，真是最可憐，最可惜的一件事！他們不明白，他們所拋擲去的東西在別人得之，可以成為無價之寶，可以使生命成為無窮豐富的種種資料呀！

17・失敗了以後

有很多人要是沒有大難臨頭，往往不會發揮出真實力量。除非遭著失望之悲哀，喪家之痛苦，及其他種種創痛的不幸事實，足以打動他的生命核仁，他們內在的隱力，是不會喚起動作的。

測驗一個人的品格，最好是在他失敗的時候，失敗了以後，他要怎樣呢？失敗會喚起他的更多的勇氣嗎？失敗能使他發揮出更大的努力嗎？失敗能使他發現新力量，喚出潛在力嗎？失敗了以後，是決心加倍的堅強呢？還是就此心灰意淡。

愛默生說：「偉大，高貴人物的最明顯的標識，就是他的堅韌的意志，不管環境變換到何種地步，他的初衷與希望，仍不會有絲毫的改變，而終至克勝阻礙，以達到所企望的目的。」

傾跌了以後，立刻站立起來，而去向失敗中爭取勝利，這是從古以來偉大人物

的成功秘訣。

有人問一個小孩子，怎樣他竟得學會溜冰。小孩的回答是：「其方法就在每次跌倒之後，立刻就爬起來！」使得個人的成功，或軍隊勝利的，實際上也是由於這種精神。傾算不得失敗，傾跌後而站立不起來，纔是失敗。

過去生命之對於你，恐怕是一部創鉅痛深的傷心史吧！在檢閱著過去的一切時，你會覺得你自己處處失敗，碌碌無成吧！你熱烈地期待著成就的事業，竟不更成就；你所親愛的親戚朋友，甚至會離棄你吧！你曾失掉職位，甚至曾因不能維持家庭之故，而失掉你的家庭吧！你的前途，似乎是十分慘暗吧！然而雖有上面的種種不幸，只要你是不甘永遠屈服的，則勝利還是等在遠處，向你招手呢！

這裡是可測驗你人格之大小的地方；在除了你自己的生命以外，一切都已喪失了以後，在你的生命中，還剩餘什麼來？

換一句話，在你迭遭失敗了以後，你還有多少勇氣的剩餘？假始你在失敗之後，從此偃臥不起，放手不幹，而自甘於永久的屈服，則別人可以斷定，你只是個凡夫俗子。但假使你能雄心不減，邁步向前，不失望，不放棄，則人家可以知道，你的人格之大，勇氣之大，是可以超過你的損失災禍與失敗的。

你或者要說，你失敗的次數已經過多了，所以再試也屬徒然吧；你已經跌得太多次了，再站立起來也是無用吧？胡說！對於意志永不屈服的人，沒有所謂失敗！不管失敗的次數怎樣多，時間怎樣晚，勝利仍然是可期的。狄更斯小說中所描寫的守財奴史古基在他的暮年，忽然能從一個殘忍，冷酷，愛財如命，而整個的靈魂，幽囚在黃金堆中的人，一變而為一個寬宏大量，誠懇愛人的人，這並不是狄更司腦海中憑空所虛構，世界上真的有這種事實。人的根性，可以由惡劣轉變而為良善；人的事業，又何曾不可由失敗轉變而為成功？常常，據報章所記載，成為我們所親身見聞，有許多男女，努力把自己從過去的失敗中救贖出來；不顧以前的失散，奮身作再度之奮鬥，而終以達到勝利。

有千萬的人，已喪失了他們所有的一切東西，然而他們還不算是失敗，因為他們是有著一個不可屈服的意志，不知頹喪的精神。

人格偉大的人，對於世間所謂成敗，不甚介意，災禍、失望，雖頻頻降臨，然而總能超過，克服它們，他從來不會失卻鎮靜，在暴風雨猛烈的襲擊中，在心靈脆弱的人唯有束手待斃的時候，他自信的精神，鎮定的氣概，仍然存在；而可以克勝外界一切的境遇，免得加害於己。

「什麼是失敗？」W・菲力普說：「不是別的，失敗只是走上較高地位的第一階段。」許多人之所以成功，就是受賜於先前的屢屢失敗。假使他沒有遭遇過失敗，他恐怕反而不能得到大勝利。對於有骨氣，有作為的人，失敗是反足以增加他的決心與勇氣。

是的，對於那自信其能力，而不自介意於暫時的成敗的人，沒有所謂失敗！對於懷著百折不撓的意志，堅定目標的人沒有所謂失敗！對於別人放手，而他仍然堅持，別人後退而他仍然前衝的人，沒有所謂失敗！對於每次傾跌，立刻站起來；每次墜地，反而像皮球跳得更高的人，沒有所謂失敗。

18・忍耐的奇蹟

當「智慧」已經失敗，「天才」無能為力，「機智」與「手腕」已經敗走，其他的各種能力都已束手無策，宣告絕望的時候，走來了一個「忍耐」；由於其堅持之力，成功是得到了，不可能的成為可能了，事業是辦好了，營業是做成了。

啊，意志的忍耐，能發出多麼神奇的功效！不後退，不放棄，在別種能力都已屈服敗走的時候，它還堅持著。甚至連「希望」離開了戰場時，它也還能打了許多勝仗呢？

在別人都已停止前進時，你仍然堅持，在別人都已失望放棄時，你仍然進行，這是需要相當的勇氣的。使你得到比別人較高的地位，較大的薪資，使你做人上之人，正是這種堅持。忍耐的能力，不以喜怒善惡改變其行動的能力。

忍耐的精神與態度，是許多商人得到成功的大關鍵。

推銷生意時，不管對方怎樣的傲慢無禮，總不會廢然而返，這種商人，纔能得到勝利。一次推銷不成，兩次，三次，四次，最後，對方不但要欽佩他的勇氣與決心，並會感到他忍耐與誠懇的精神而成全了他，照顧他的生意。

在商業界中，能做最多的生意，得最多的主顧，銷最多的商品，只是那種不灰心，能忍耐，不在回答中說「人」的人，那種有忍耐的精神，謙和的禮貌，足以使別人感覺難拂其意，難卻其情的人。

一受到刺激，就無法忍耐的人，不會有大成就。

做我們所高興的事，做我們所喜歡而感到熱誠的事，這是很容易的。但是要全神貫注地去做那種不快的，討厭的，為我們的內心所反對的，而同時又因為了別人緣故，不得不去做的事，卻是需要勇氣，需要耐性的。每天懷著堅強的人，穩健的步，懷著勇氣與熱誠，以去從事我們所不適宜，不想做，我們的內心所反抗，徒以義務所在，不得不幹的事，年復一年地這樣下去，真是要英雄般的勇氣與忍耐心的。

固執著認為乏味的職位，用著全副的力量，全副的精神幹去；勉強著自己，用愉快的心情去做自己內心不喜歡做的事；認定了一個大目標，不管它可喜或可厭，不管你高興或不高興，總是全力以赴之——這樣的人，才能得到勝利。訂下了一個固定的目標，然後集中全部的精神以去執行那目標。這種能力，才能獲得他人的欽佩與尊敬。

你能一朝樹立了有毅力，有決心，有忍耐的名譽，世界上總不患無你的地位。但是假使你顯出一些意志不堅定，與不能忍耐的態度，人家會明白，你是白鐵，不是純鋼；他們要瞧不起你。你要失敗。

沒有不顧障礙，而必須向前去幹的勇氣，與不折的忍耐精神，總不能成就大的事業。懦弱，意志不堅定，不能忍耐的人，不能得到他人的信任與欽佩。只有積極的，意志真摯的人，纔能得到人家的信任；要是沒有人家的信任，則事業要成功是很難期望的。

世界上不患無意堅定的人的位置。人人都相信百折不回，能堅持，能忍耐的人。意志的忍耐能出生信用來。假使你能夠不管情形如何，總堅持著你的意志，總能忍耐，則你是已經具備了「成功」的第一個要素了。

19・我不相信失敗

如果你腦子裡老有失敗的念頭，奉勸你趕緊放棄掉這些壞念頭，因為你想到失敗就準會失敗。應該抱定「我不相信失敗」的態度。

我要告訴你一些堅持這態度的人們所獲良好的結果，以及他們不信失敗的技巧和方式。希望你仿而效之。假使你此刻覺得可以避免失敗，那麼你也一樣地可以克服那些失敗。

希望你不是一個老謀深算、事事踟躕即所謂世故得油滑混沌的人，這樣的一個人不論跟他商量一件什麼事，他立刻想到所有可能的障礙、艱難、麻煩，對這樣的人先要幫助他變更掉遇事消極的態度才好。

他可能是一個大工廠的主腦，當董事長們正在集議討論一個簇新方案的經費籌措，來日遠景以及必有困難的解決時，他對這具有極大前途新鮮方案的嘗試，徹頭徹尾（表示他毫不動搖的聰明）擺出一付胸有成竹的學者風度（這是用來遮掩其內在疑慮）頗為沉著的說：「且等一下。讓我們先細細考慮那許許多多的障礙和危險。」

「因為，」那老謀深算得過了份的主腦說：「一個真正聰明的人一定是很現實的，而且這是事實，這新方案進行時有的是障礙和危險。我倒要請教。你對這些必定遭遇到障礙和危險是取怎樣的態度？」

那人毫不猶豫地回答他道：「我對那些障礙和危險的態度?哦，我是主張馬上解決排除，既有辦法解決排除，就即刻忘掉它。」

「可是說起來容易，做起來難。你說障礙危險解決排除後就置之外。閣下若有此殊才。我輩皆屬蠢才，沒有你那麼大的能耐呀，諸位，是不是？」

那位眾所器重的先生臉上慢慢浮起一層淺笑，「我有生以來即以全力排除艱危，如果你堅志不移，就從未見過排除不掉的艱危。你想懂得這是怎麼回事的，我很願意奉告。」然後他從皮篋裡掏出一張紙片來，往桌上一放。朋友們，念一遍，這就是我的辦法。經驗告訴我，這是萬無一失的。

紙片上寫的是「堅定不移，化險為夷」，「遇難立解，不疑不惑」，還錄有腓

立比書第四章第十三節——「我靠著那加給我的力量，凡事都能做。」

人生無時無刻不面臨艱難、危險、困難、苟在正確思維下，每遇艱危，立即迎刃而解，解決困難，不在智愚，而在有無堅定的決心。

遇到困難危險，看清艱危之所在，絕對不要駭怕或膽怯，則沒有解決不了的艱險，在你覺得無險不可夷，無難不可解時，自然會發生出排除艱危的偉大力量來。

有位心理學者指出了企業成功十個金律：

一、苦幹——辛勤的工作是最好的投資。

二、勤學——學識使人做起事來更聰明，更有效。

三、創新——如果墨守成規，往往走向死路。

四、樂業——先要喜歡自己的工作，才會精通而勝任愉快。

五、確實——隨隨便便採用一種方法，結果總不可靠。

六、克難——先要有大無畏的精神，才能克服困難而制勝。

七、人格——人之須有人格，就像花之須有香味一樣。

八、合群——要考驗一個企業的偉大，要看它是否能使每個員工向心齊力都有一展抱負的團隊力量。

九、民主——對部屬一定要覺得無所虧待，你才配稱是成功的領袖。

十、求精——不能滿足於現狀，一個人必須竭盡心力而為之。如不能做到這一步，必將前功盡棄。

20．懂得享受人生

有些人頭髮剛剛轉白，便自認是風中殘燭，老態龍鍾起來了；有些人雖已七八十歲，卻仍是精神抖擻，野心勃勃，照樣和後生小伙子一般幹勁十足。

為什麼人類的壽命有長有短？為什麼有些人未老先衰，有些人老而彌堅？衰老的真正原因為何？到了什麼程度才能稱老？怎樣防止未老先衰呢？

這許多基本問題，都是人類急待揭開的謎底，雖然這些年來，由於近代醫學之賜，疾病的克服與保健的提倡，人類的壽命已一天一天增高，人類的身體也一天比一天強壯，可是長壽的要訣似乎除此三要素之外，還有一個最重要的因素，那便是要懂得人生，唯有懂得人生的人，才能享受人生，才能活得更久。

我們都曾看見過許多老先生老太太們，如果僅憑他們的健康狀況，早該壽終正寢，可是，他們一個個都是出乎意料之外地，一年又一年倔強地活下去。這是為什麼？這就是因為他們具有一種豐富的意志，以及懂得人生。

一般常理是有旺盛的生存意念的人，壽命一定會長；反之，遇事頹喪，終日愁眉不展，心襟狹小的人，必多早逝。

一個合群，愛人人，人人也愛他的人，一定能卻病延年；相信自己有前途，珍惜自己前途，有勇氣面對將來的人，是會長壽的。

我們都知道，情緒可以影響生理；而生活力正是生命的源泉，健康固然是維持壽命的要素，然而，生活力卻影響著生機。能夠懂得情緒影響著生理的人，便會瞭解到生活力之影響生命，同時便會恍悟到「人生」究竟是怎麼一回事。

21．哭並不代表丟了面子

很多人都認為哭是一件可恥的事情，尤其是男人們，他們甚至在最傷心的時候，也寧可磨牙齒、握拳頭、嘔吐、暈倒，冒著生命的危險，千方百計的想盡方法，總不肯讓眼淚輕彈。

其實人之所以異於禽獸，能哭也是其中之一，假如你心中感到彆扭，切莫以流淚為羞恥，務請善為利用你這點天然資源，能哭且哭吧！

根據醫師們的研究：哭不但有益健康，且能消百病，當你心靈受到創傷的時候，一場盡情的痛哭，對可以使你的精神徹底為之澄清，情感為之充分發洩。這時，如果你強自抑止，只表示你是不符合自然的堅強，而且也說明了你的感情業已陷於失望之中。

在你應該把天然的保險活塞——痛苦——打開而不打開的時候，你的血壓將因之而增高，消化為之失常，神經衰弱等病症就會接踵而至，這是你違反自然，咎由自取。

哭泣是腦子中比較高級的官能，它與說話、理論以及其他人類所有的官能一樣，是人類成長後的產物；初生嬰兒哭而無淚，白痴從來不會流淚，這就是因為他們的淚腺發育不完全，只有發育完全的「高級人」，才能具備這個本能。

因此，當你想哭的時候，且不必管它是什麼理由，儘管痛痛快快的哭一場好了，讓積存在心裡的憂鬱、憤怒與緊張的神經發洩發洩吧！

今日，男人們雖然已經不會再指責哭泣為女人的拿手好戲，但痛哭仍常為一般婦女們發洩感情的良方，不信且聽聽她們論調：「今天真倒楣，什麼事情都煩死了，痛哭一場以後，才算稍稍好過一些。」的確，痛哭平靜了她們的神經。

在枯燥無味的日常生活中，瑣碎的困難，令人惱怒的小問題，是我們防不勝防，避不勝避的，這也就是使我們招致痛苦原因。而婦女們之所以能夠安然渡過，這種痛苦就是緩和她們沉重緊張神經的良方；男人就因為吝惜他們的這顆淚珠，所以，他們害怕突然「中風暴斃」——這實在不得不歸之於眼淚之功過。

有一班醫生還說：眼淚中所含的鹹，具有強烈的殺菌力，可以把鼻孔、鼻膜

中，肉眼不能看見的傷風的萬應靈藥。他們甚至以為：治療傷風最佳處方，就是看悲劇電影兩場。

事實上，大部份人都同意，他們在電影院中都比在其他任何場合更容易流淚，這是因為一般人處於黑暗中時，比較不拘束自己，因此免除了大庭廣眾之下被人發現自己感情波動的恐懼，如果光天化日之下，人們就會因為羞恥的關係，勉強抑止自己了。

有一件非常奇怪，但是非常真實的事實，就是大多數人只要想到童年的事情，不論其童年是不是快樂，大多很容易感動得潸然淚下。

童年時代的歌曲，也是引起流淚的一個強有力的原因。許多人只要一聽到童年時代所熟悉的曲調，就要覺得喉嚨哽塞了。

這種流淚往往是潛意識所引起的結果，如果你發現自己痛失聲，而且又不知道「為什麼」的話，你可以去尋找你悲哀的那些聯想，它時常就是這一陣不能抑制的哀愁的原因。

甚至很不容易感動的男人，也會對著一部影片而拉出手帕拭去淚水，婦女們對於其其他受苦的女人故事，更來得容易落淚；不論是一本書，一部電影，一齣戲劇，或是一個廣播小說，他們都能為之傷心欲絕，這種情形心理學家稱之為「顧影自憐」的發洩，不論他們自己是否感覺得到，實際上，他們已將女主角的遭遇聯想到自己不幸的故事上去了。

說到這裡，也許有些性格剛強的婦女會說：他們從來就沒有流過眼淚。這話實在大有問題，對於一些較淺薄或暫時性的煩惱，你可能有你控制自己感情的能力，或是在別人看得見的時候，你絕不以流淚作為發洩情感的方法，但是，當你孑然獨處時，或者是遭遇到一個真正的人間悲劇時，你就可能無法壓制那洶湧而來的淚水了。

也許你仍要堅持的說：「我實在沒有理由可以哭呀！」這裡且先拋開你的理由，先請看看心理學家們的論點吧！

根據心理學家的研究發現：一個人大凡每隔廿一天，就有一件事情可以令你痛哭一番。心理學家們曾試驗了數以百計大專男女學生，得到三百零七個哭的原因，其中最普遍的理由是疲乏，四分之三的女學生說，不論在任何情形之下，若要哭的時候，眼淚是無論如何也忍不住的。

從實驗中，我們也知道，在該哭或要哭的時候不哭，身體就要受到影響，原因

是在感情極度衝動時，如果珍貴一顆淚珠，則體內其他器官就要代其流淚，以致破壞柔嫩的淚腺平衡，而被抑制的悲愴、憤怒或別的刺激，必引起強烈的化學變化，使神經受損，內體罹病。

因此，當你在情感上遭遇到創傷時，最好的辦法就是獨自去看一場悲傷的電影，你一個人去看，就可以感覺到一點孤獨，而黑暗更能鬆馳你的自我控制，使你盡情痛苦，充分獲得發洩的效果。

他能哭就表示最壞的一段時期已經過去了。在悲傷的初期是沒有流淚的，直待活力恢復後，才會流得出來，眼淚已使你的情緒變為鬆緩。

當走出影院時，也許你的臉色看上去並不太好，你的眼睛還有一點紅，但是，你的內心卻已舒服多了。

22·紅顏佳人並非快樂之身

若說所有美麗的女人都不快樂，那當然是無稽之談，但根據報章雜誌所談論的美人看來，便可見到美麗並不是快樂之源。相反地，它卻能妨礙快樂的婚姻，以及女人需要的情感調節。

雖然所有的女人都希望美麗，但真正的美麗也有缺點，它能產生身體上和感情上的問題，其他動人而並不太美麗的女人，卻無此問題，美麗可能成為一種障礙。

關於美麗的女人不快樂一點，目前雖然缺少統計數字以為佐證，然而，有很多美人都承認，美麗卻可能給人煩惱。美麗的女孩子於早年時候，便可能認識許多男人了；男孩子圍在她左右，使她有進退維谷的經驗，加以男孩子在認識對方之後，即想做性方面的實驗，所以，她的一舉一動，都可能是男孩子們在性方面的對象，這類的女孩子，不是早期沉溺於性方面的活動，便是時時抑制這方面的衝動。

男女雜交對任何人來說都是危險的，事實上，也沒有一個女孩子能在這方面避免長時期心理上的犯罪感。尤其是非法的性行為，更能使其對婚姻產生不準確的觀念；但心理學家也說：「長期的失望也是相當危險的，一位女性時常說『不』，但待她可以說『是』時，心理上已有一種反感了。」

而且因為美是大家所欣賞的。回眸一笑便能產生無上效果，所以，在她自立之前，便可能遇到兩種能夠影響其以後生活的東西。其一是被動性，因為什麼東西都太容易得到了，使她認為什麼東西都可以予取予求。其後，更以為男朋友都可任其差遣，任何時候都有人逢迎她，她們永被寵壞。

到了成人更造成她那種以為憑美麗即可得到萬物的錯誤心理，在事業上成功的美人兒，時常感到普通男人不能滿足其慾望，而突出的男人又太少。即使她能勉強屈就，其生活也要受周圍人們態度影響。

因為她們是一般女人中的眼中釘，以為她們都是引誘其男朋友或丈夫的狐狸精。因而，時常將她們排擠出社交圈之外，或在其背後講壞話。

男人的妒忌也能使美人兒的生活變成「不美麗」，如果結婚以後，仍有許多男人圍在她左右，將使丈夫醋性大發。美麗的女人，在不知不覺中，使男人面臨各種問題，有時候，因對方太美麗，而使男人不敢作進一步之奢望高攀，甚至放棄。有一位美人兒，就承認時常一人獨處，因為大家以為她必定約會頻頻，而不會去邀她與大家一起遊玩了。

在很多情形之下，後天性人工造成的美人兒，反較天生美人胎子來得幸運。天生不太美麗的女孩子，一落地更得努力去獲得其所要的東西；待其長大，又得探知對方的愛好，才能與其共處。在其早期，便瞭解必須學習些東西，以吸引對方，因此，我們可以說，面貌中等而內心優美者，反更能獲得幸福。

23・認識「自我」

你是否有時易於感情衝動？你知道及時判別是非和適可而止嗎？認識「自我」是一件困難的工作，誠實回答下面問你的問題，可以幫助你瞭解自己。

一、你的情緒是否時常變動？

二、你對別人的友情能持久嗎？

三、在參加一次大拍賣或大廉價時，你購買的東西是否超出你的需要？

四、你守時嗎？

五、你是否輕率地交結異性朋友和訂下約會。

六、你對自己所購買的東西常能滿意嗎？

七、你是否不加思索即可下決斷？

八、你從事工作是否能免於錯誤，恰到好處。

九、你是否有你已不再喜歡的老朋友？

十、你是否依照一般公認的養生之道生活？

十一、你是否常憑初次印象判論別人？

十二、你常重寫你的信件嗎？

十三、你是否有時錯誤論斷他人而感不安？

十四、你遵守交通規則嗎？

十五、你是否在閱讀合約或其他文件時，對較小字體常忽略過去成為習慣？

你對這些問題的回答，應該三思而行。（Think first Then act）！

上面奇數問題，應該是否定的；偶數問題的答案，應該是肯定的，如果你能符合十一條或以上，則你是屬於那種非經深思熟慮，不會輕易採取行動類型的人。八條或稍少，則表示衝動冒失的傾向。更少時，你應該要注意自己的行為了。

24．家庭需要無名英雄

——成功的婚姻，就是當你忍無可忍的時候再忍耐一次，就可獲得了。

——唯一快樂的已婚男子，是住在天堂裡的亞當，因為他沒有丈母娘。

——天才榮譽都是破壞幸福家庭的有力因素，真正甜美的家庭，需要的是平凡的無名英雄。

——當一個妻子說她有很多話要和你講的時候，她多半只有一件事情要講，那就是錢。

——一個女人可以鼓勵她丈夫成功，也可以毀滅她的丈夫，但是，大半的女人都把兩件事情混在一起來做。

——男子猶如嬰兒，你雖不能忘記時時吻他，也不能忘記命令他。

——一位素以成功丈夫知名的男人，當有人問及他婚姻成功的秘訣時，他說：

「早睡，早起，像條牛一樣的工作，像啞巴一樣的不爭辯，就可以使你們的婚姻美滿。」

——「幸虧這是一個太太還能隨意指揮丈夫的自由世界，否則，將有很多太太要變成神經病。」一位太太這樣說。

夫婦共同為一個目標——家庭幸福——而努力，便愈生出彼此相愛之心，夫婦雖然有自己獨特的興趣，但他們卻小心自己的步伐，不使自己的興趣霸佔了共同興趣的時間。

丈夫如果真正不自私，他就不會讓妻子過度勞碌，以致沒有閒暇時間可以同他一起生活。他也要介紹自己的朋友與妻子相識，使其成為共同的朋友。他的工作雖然忙碌，但他卻要盡量抽空和妻子一同活動。

一個不自私的妻子必會想法子關心丈夫的福利，她要多讚美丈夫的成就，少批評他的缺點。她時常保持愉快的精神使丈夫和她同在之時，便會有快樂的感覺。

不自私的態度，將使夫婦決意設法促進對方的幸福。一個不自私的妻子會設法遷就丈夫的口味，時常煮些丈夫愛吃的食物。她知道他的性情，但卻巧妙地運用機

警來幫助他矯正他。

一個不自私的丈夫也必定願意促進妻子的快樂，他不吹毛求疵，當妻子向他行許多愛心的小動作時，他便時時向她表白感激之情。總之，夫婦若決定促進對方的快樂，便會發現自己也獲得快樂了。

作為一個好妻子，當你丈夫在工作上失望或失敗的時候，妳得鼓勵並安慰他；同時，在他得意或鋒芒太露而忘形之時，你也得從旁提醒並糾正他。

不要在你丈夫面前，老是喋喋不休地說著張三換了一部彩色電視，李四新置了一幢漂亮的洋房，這樣你將使他產生一種自卑的感覺，以為你瞧不起他。要知道，他愛你因此才和你結婚，在他的內心深處，也正痛苦著不能使他所愛的人有著更好的享受，只是他的能力還搆不到而已。

家庭的溫暖，必須建築在彼此諒解、互相慰藉的基礎之上。否則，一切都是虛偽做作，一陣輕微的震動，就能使整個倒塌了。

不要對你的家庭失望，也不要對愛你的丈夫失望，你得把你的信心堅強起來，世上沒有盡是合乎理想的事，忍受一下，新的希望絕對在等著你的。

25・莊重與遊戲之間

記得曾有句詩這樣寫著：「讓我們相愛的時候親吻，不愛的時候分開。」這種戀愛方式，多是發生在藝術家的身上，這種人的生活與思想，本身就是非常羅曼蒂克的，而能夠和他們發生感情關係的異性，必然也多少具有同樣的氣質，因此，這類戀愛才容易發生。

這種介於莊重與遊戲之間的戀愛，因為當事人在發生戀愛的時候，不問已往，也不管未來，他們所注重的只是「現在」。所以，他們的戀愛是一個時期的，至於時間長短，沒有一定，能夠延長到什麼時候就什麼時候。到了熱情冷淡或愛得厭倦時，大家便毅然分手，而在他們的生命當中留下羅曼蒂克的回憶。

這種戀愛之所以稀罕的地方，在於難得男女雙方的「戀愛觀」相同，更難得的是雙方能夠碰在一起。我們知道「到處留情」的男子是多著的，但是要碰著的女人也能適應這種「戀愛觀」，卻也不是容易的事。

因為他們至少在開始相愛的時候，相互間就有了默契；祇求眼前獲得愛的慰藉，不求將來有沒有結果。在愛著的時候彼此是互相負責的，在分開的時候彼此不追究，也不因此而痛苦。

戀愛的成立約有兩種方式，一種是全未知道對方底細就愛了起來，所謂「一見鍾情」即此情形，在現今社會裡，這裡很普遍的現象。另一種是知道對方底細以後，因為志趣有了互相吸引之處，不期然的發生了愛情。

雖然戀愛的建立，常常是基於雙方共同的志趣。例如，愛好音樂者和愛好音樂者相戀，愛好文學者和愛好文學者相戀，但這非必然的法則，真實的愛，是超乎一切的；如果根本沒有愛的維繫，即使志趣相同，也未必能夠幸福。

不過，有一點不能否認的是：志趣協調的戀人，他們的愛情較能保持得堅固；志趣不同的戀人，卻缺乏這種維繫的力量，這是事實。

假如你們已經是互相愛上了之後，發覺彼此志趣不協調，怎麼辦呢？妳既不能犧牲自己的志趣去遷就他，他也不必犧牲自己的志趣來遷就妳，只要妳能在保持自己志趣本位之餘，同時也去養成與對方相同的志趣，同時對方也能夠這樣的做，那麼，問題就很圓滿地解決了。

26・你是個領導的人才嗎？

美國普林特斯大學理查遜博士，對領導人才問題曾作詳盡的研究，他發現領導者的異於常人，可從他們對於下列問題的態度中表現出來。

一、你常常發現自己打不定主義，以致坐失行動的時機嗎？

二、你在置身於地位較高的人群中時，是否會覺得甚為窘迫？

三、你在招待會或茶會酒會中，是否不願意和到會的最重要人物接談？

四、你如果在參加一個集會時遲到，是否寧可站在後面而不到前面去就座。

五、你是否時常感到很潦倒？

六、你否否為無益的思想所困擾？

七、如果有人嘲笑你，你明知自己是對的，會不會感覺恥辱？

八、你在和他人在一起時，曾否感覺寂寞？

九、你對於迅速的變動是否感覺興趣？
一〇、你曾經有過感覺昏眩的時候？
一一、你是否常感到孤獨？
一二、你如果要提出一項意見，以供團體討論，是否感覺很不安？
一三、你是否常有快樂或不快的心情？
一四、你是否心情不定，不曉得應該朝那個方向走？
一五、您和陌生人開始談話時，有困難的感覺嗎？
一六、你曾否帶動過一個沉悶的團體而趨於活潑？
一七、你是否力求貫徹你的主張，即令因此和他人發生衝突也在所不計？
一八、你是否喜歡現在大部份的時間都和他人在一起？
一九、你從不說會傷害他人心情的話？
二〇、過去五年來，你是否擔任過任何團體的領袖？
二一、你是否不喜歡擔任離世獨立的工作，例如森林看守人等？
二二、你曾經為和你有關的目的募集過款項嗎？
二三、你曾經發動組織過任何團體嗎？

以上的二十三個問題的答案，自第一至第十五個，應該是『否』，第十六個至二十三問題，應該答『是』。

如果你答對了十五題以上，那你可能會成為領導人才。如果在十題以下，那你應該稍加注意，予以改進，就會有所改變。如果你答對的是在五題以下，那麼你應該向專才（專於某方面的技能）方面求發展。

27・心靈之美

莎士比亞曾說：「贏我之愛情者，在婦人之誠摯，不在容貌之美。」這說明了一個女人的心靈美，實在比她的外貌美重要得多。

一個女人並不一定要面貌生得漂亮才討人歡喜，腰身生得苗條才動人，當然，如果她能從母親那裡承受了漂亮，那也不是一件壞事，不過，我們認為最要緊的還是應該努力修養自己，養成心靈上的美。一個人的外表，只須修飾適度，永遠保持清潔、整齊、樸素就可以了；如果過份外表求奢美，有時不但是浪費金錢與時間，反而引人惡感。

可是現在有許多人，往往單單注重女性的外貌，而忽略了女性的心靈，這確是最錯誤的觀念。這種錯誤觀念的造成，大半是由於女性自己的自卑心理與普通一般男子過於重視女子的外貌所致。

莫泊桑說：「女人往往不受階級的支配，因為她們的美麗是超越了階級。」在最早的專制時代，皇后妃子很多是村姑民女，她們就靠了外在的容貌美而平步青雲，超越了階級，現在當然更不乏有人視容貌為資本來投機的了。

我們都知道，一個面貌秀麗，肉體豐滿的女人，無論在社交上，在業務上，在家庭裡，尤其是選擇丈夫方面，始終都能夠站優勢；而且也因為表面上的美麗動人，很容易遮蔽內在的任何缺點，無怪乎今日的少女們都以進美容院為日常必修課，而一般女子更將容貌與曲線作為自身的財產了。

但是，外表的美麗畢竟是短暫的，所以，女人除了外在的容貌之外，不可忽略了心靈美，這種潛藏於心之深處的內在美，是不能夠用化粧方法來塗敷打扮的。世界上也沒有這種美容術，因為這種美也不可能被變成商業的交易，就因為在此，它才是一個人最真實的美，最能感動別人的美。

培根說：「形容表現不出的部份，正是美中最美處。」

克勞迪阿斯也說：「純潔的心是女人最高貴的財產。」

所以，你必須時時充實自己內在的心靈美，因為外表的美貌，會隨年齡的增長而衰退，而內在的心靈美卻能隨時日而增加。假如你要使人人的心版上都銘刻著永

遠不滅的讚美詩句，你就應該從今起有耐心的修養自生。

一個女子最好的心靈之美，就是高貴的品性，廣博的學識，善良的心地，純潔的靈魂，待人和藹誠摯，坦白的胸懷，偉大的愛心和純正的節操，這都是心靈美所不可缺的要件。

28・默想與散步

自從人類發明了汽車以後，無數人的腿力也就開始逐漸衰退了，現在的人，動不動就是汽車，甚至寧可排長龍擠公車，也不肯稍稍移動一下「玉足」，多走兩步路。醫學專家們指出：人類的原始祖先，其所以能夠有健全的身體，就是他們安步當車，獲得充分的體操。

科學家們也證明了這個觀點，他們認為：現在的心臟病患者，大多由於平時不常運動，再加現代生活緊張所引起。現代的人，平時都不太運動，只是當健康已挫敗，或是偶然隨興之所至猛來一場，無怪乎許多人都會「暴斃」於途中了。

不運動的人，不但容易感受精神病，造成萎靡、沮喪，且易引起身體上的疾病。而運動中最理想，最方便，最自然的一種方式，就是散步。一個人必須靠自己走路，才能明瞭自然界，直接接觸自然界，進而獲知無數關於實物的法則，覺得自己是個生物，活在生氣勃勃的世界上。

29・魅力不是美貌

人們常說女人最大的財產是魅力，可是魅力究竟是什麼呢？有些女人也許會因為自己沒有漂亮的面孔，沒有足夠的錢財花費在服飾之上，就自以為沒有魅力，不受歡迎。

如果妳也有這個顧慮那就大錯特錯了，美色與錢財並不是構成魅力的最必要條件。魅力其實是一種優雅的性格發展。

專家們指出：魅力是由內心所發出的美德，那些儀態大方，不賣弄，不尚修飾，脈脈含情的女人，才是最具魅力的女人。

他們不同意女人必須具有美貌，才能顛倒眾生的說法，他們認為：魅力應是一個會心的微笑加上美好的品德，見了面和藹可親，當對方說話時，總是聚精會神地聆聽與領悟，她自己的談吐也是娓娓動聽，且舉止活潑而有朝氣。

他們以為最沒有魅力的是：自以為比男人聰明，野心勃勃，喜愛饒舌，服飾笨拙，不注重整潔，在公眾場所高談闊論與矯揉做作的女人。

所以說，魅力也是女性一種行為舉止的綜合表現素質！

30・可愛的男人

能夠立即吸引一個女人的神秘作用，可以包括很多方面：例如他講話的聲音，舉止，甚至一個很小的動作，一種心情以及一種興趣等。不過任何只是基於這些方面的吸引，如果不同時具有充分的「可愛性」來支持一個女人的興趣的話，都不會長久的存在。

以下為美國心理學家魯培博士所訪問的女人們，認為男性最可愛的一些特質：

一、面貌無疑的為一個男人對女人暫時好感或持久吸引的因素之一，不過，有些人不可貌相，很容易混淆。一個長得像電影明星似的男人確有魅力，但是女人們一般都更被「有趣」或「男人氣概」的外表所吸引。一張剛毅健康的面孔可能會代表著「能夠依靠」。就好像說：「我可以保護妳。」孩子氣的面孔象徵著天真和容易親近。女人有時候會喜歡上一個相貌舉止很像她父親的男人，尤其是如果她對父親非常崇拜的話。（雖然這種父親感在她可能是無意識的，有時卻有莫大的影響。）

二、一個男人的持久吸引的最重要因素，便是他的真正對他妻子兒女產生興趣的能力。可愛的男人，是不會把他所有的時間、精力和情感上的關切，都加在他工作之上的。他會把他的妻子兒女視為他的合夥人或朋友，他要與他們共享他的工作，他的快樂和他的煩惱。

三、可愛的男人懂得他的妻子的複雜性，其性的需要，感觸和反應為她整體的一部份，與她的身心安適脾氣有關。有時她如果不能將所有的牽掛解除的話，對性便沒有充份的反應。

四、可愛的男人有耐性。他很樂於學習，揣摸和盡可能的使對方感到親切。他對於人與人之間的密切、要好和愉快，比對個人尊嚴更有興趣。他知道言詞和態度在對方的心目中非常的敏感，他不怕說「我愛妳」或表露他的傾慕。他知道表露他的強烈的愛的能力，便是男子氣概。他也知道過一個時期他便需要把辦公室，小孩子以及其他的責任拋開，而單獨和妻子在一起重溫昔日的舊夢。

五、可愛的男人思想率直，能夠不皺眉頭而解決難題，他能夠也願意做決定，

但是對於有關家庭生活的決定；一定參照妻子的意見。他有話便說出口來，也不隱藏忿怒，因此家人之間肝膽相照。

六、可愛的男人把妻子看成和自己一樣，在經濟方面不把她當成一個傻瓜，不獨攬財務大權。他對妻子的持家由衷的感激。他非常的重視養育子女的責任，並且把這一點讓他的妻子知道。

七、女人特別賞識瞭解她的心情、問題、興緻和需要的男人，他經常的對她知之入微。這樣的男人知道甚麼時候事情不對了，應該讓她的妻子坦白的說出。如果她一時心情很壞，或身體不舒服，他絕不會置之不理；相反的，他會想盡方法去幫她解決。

八、可愛的男人不只是撫養兒子。雖然他也是孝順父母，尊敬兄姊，但是他最大的責任感和耿耿忠心，還是在他的妻子和家庭方面。他要保守他和妻子之間的秘密，如果他和他的妻子有某些個人方面的困難，他會單獨與她商談。萬一這樣還不行的話，他也會非常成熟的跟妻子去找婚姻顧問談談。

九、真正有吸引力的男人喜歡好人，但他卻不是一個花花公子。他和他的妻子結婚是因為他愛她，不是娶一個管家婆來，也不是為了有孩子的自我滿足。他愛他的妻子願意去為她而死——更重要的是他願意因她而生。他會照顧和愛護自己。（他不會過度勞累，酗酒，無節制的吸煙，而傷害到自己的身體。）這樣才能夠看著子女們長大成人。

十、最後，真正可愛的男人——也像可愛的好人一樣——知道當男女由相識而結婚之後，他們之間關係還不算完全，這只是一個開始。從這個時候起，他們必需坦誠的共同生活在一起，讓他倆之間的關係也跟著成長，必需成長，否則便會衰萎。隨著這種關係的成長，他們也越來越相愛，就是這種關係維繫著家庭的和諧。

31・身心的健康

身心不健康對於個人，對於世界，所產生的禍害總量是多少，到底有誰能夠計算得出來呢？

健康是生命之泉源。失卻了健康，則生趣索然，效率銳減，生命成為黑暗，慘愁，一切常卻興趣與熱誠。能夠有著一副健全的身體，健全的精神，而在此兩者之間，存在著一個美滿的平衡，這真是一種大幸福啊！

到處，我們可以看見，有作為，有知識，有天才的青年男女，為不良的身體所牽絆，而至終身不能酬其壯志。許多的人都過度著不快樂的生活，因為他們自己覺得，在事業上，他們只能顛出一小部分的真實力量；而大部分的力量，則因為身體不佳，將必然的對於自己，對於世界，歸於烏有之鄉了。

天下最大的失望，無過於有志而不能酬。感覺到自己有著大量的精神能力，而同時沒有充分的體力為之後盾，為之利用；感覺著自已有著凌雲搏鵬的大志，而同時沒有充分的力量足以實現之，這是人世間最悲慘的一件事情！

許多人之所以飽嘗著「壯志未酬」的痛苦，就因為他們沒有懂得常常去維持著最高度的身心的健康，常常去把持著身心的清新，壯健，庶幾在事業上，能收高度效率的這一種必要性，與重要性，保持身心的清新，壯健，這件事，是一切藝術中的藝術。

一個專注在職務，工作上，而很少休息，遊戲，甚至毫無休息遊戲的頭腦，其動作一定不能像一個常有休息的機會的頭腦那樣的自然，那樣的有力。一個整天埋首工作，而生活中毫無遊戲的人，往往會在事業上早趨衰落，因為他是缺乏著多量的各種不同的精神刺激與食料。不時的變換，環境的更調，無論是對於勞心者或勞力者，都是十分有益的。這情況到處都可以看見，人未老而身心已老，對生活老早就覺得枯躁乏味，就因為他們工作太勤，遊戲太少。「單調」是一個最偉大的活力之摧殘者。

凡是成就大事業的人，往往不是那些窮日窮年，埋頭死幹，而使你一見到他，就會看出他的應接不暇，覺得他的時間寶貴的人們。

我認識一個商人，他是某大公司的經理。他每天在辦事室中，至多留二三小時；而有時竟會整月的出外遊行，休遊，以更新他的身心。他決意要常保持身心的清新，精壯；庶幾能在事業上，收最高度的效率。他不願在過度的工作中，摧殘了自己的身心，弄弱了自己的力量，像許多人一樣。

結果，他在事業上，得到大成功。他不在辦事則已，一進辦事室，則事務立刻生龍活虎般進行。因為他身心健旺，所以他辦事十分敏捷而有力。他的工作，進行得如同數學一般的正確。所以他在三小時內工作的成績，要超過別人八九小時，甚至夜以繼日的工作的結果。

一個生活謹慎的人，有著大量的生命力可以抵抗各種疾病，渡過各種難關，應付各種打擊。但是一個在平日把氣力用盡，活力用枯的人，卻經不起嚴重的事變的打擊。

「只工作而不遊戲，使得傑克成為一個鈍孩子。」這句話最為確切。人們有著強烈的遊戲本能，這是事實，就顯示遊戲一事，是該在我們的生活中佔相當的位置的。現在許多雇主，都要強迫雇員去作過多時間的工作，就因為他們還沒有懂得遊戲可以使人的身心趨於健全，因之可以增加工作效率的道理。

許多人似乎以為「自然」是很好說話，很可以行賄的。我們可以破壞一切健康法則；在一日中涉及二三日的工作，在一次宴會上進行二三次的食品；我們可以用各種方式糟蹋我們的身心健康，然後請教醫師，光顧藥房，以為補救。

我們多數人的生活，都往來循行在兩極端中——糟蹋身體，醫治身體！結果是；胃納不良，精力衰微，神經衰弱，失眠，精神抑鬱不寧！啊！不良的身體，衰弱的精神，正不知造成了天下的多少悲劇，破毀了天下多少的家庭！

身體同精神是息息相關的。一個有一分天才的體強者的成就，可以超過一個有十分天才的體弱者的成就。

我們需要一個健康而精強的身心。這是可以做到的；只要我們能夠一種有節制，有秩序的生活。

32．愛美的投資

一個人從生活的早期起，就去培養生命中的優美的性質，發達高等的情操；高尚的鑑賞力；總括一句話，去培養愛美的習性；從這中間日後正不知能湧現出多少的快意與甘美啊！

世界上沒有別一種投資，是比培養的鑑賞這一事來得更上算，更值得了。因為它能將永恆的喜悅，帶進人的全生命，而將人的生命染成彩虹一般的美麗，它不但能增加人的快樂的容量，並且能增高人的品格。

人的品格的造成，大部分是有賴於耳目之助的。所以在自然界中千百種的聲響，如像鳥鳴蟲語聲，溪水潺潺聲，微風拂打樹葉聲的聽取；在天空中地球上，在汪洋中，森林裡，在高山秀嶺上，在原野裡的萬千種顏色的看取；在造成「真正的人」的一點上，其重要與學校教育相等。假使你不能借助你的耳目儘量攝取外界的美的東西，以興奮，發達你愛美的機能，你的生命將會是枯燥無味的。

愛美一事，有淨化，滋潤，和豐富生命的力量，別的東西都是不具備的。一個自小生長於只知崇拜金錢，而不懂得愛美的價值的環境中的孩子，一個自小受著錯誤的教育，以為人生最要緊的事不是高貴的品格，高尚的情操，不是美的鑑賞，而是多量的金錢，房屋，與地產，兒女，真是絕大的不幸啊！

所謂完滿甜美的生命，一定是為愛美的習慣所點綴，所滋潤，豐富的生命。對於美而不能領略嘗味；站在一幅美麗的名畫之前，看到落日斜暉，紅霞返照的奇景，或者其他自然界中的美景，而心靈不覺得震撼的這種人，他的「人」的組織，「人」的條件，還是一個大欠缺，在維持人們生命的平衡這點上，愛美一事是很重要的，外界的人或物，對我們的生命，品格，至有影響，普通的人或物，對於我們的影響，也許是微細的，不深入的！

因為我們可以常常看見這些人與物，所以他們變成我們的平常經驗，因之而不能引起我們意識的多大注意。但是在看到一幅美的圖畫，一抹美的斜陽，每個美的面容，美的形色，每朵美花時，無論何時，總能無形中提高我們的品格。使自己的心靈，對於「美」有敏捷的反應，這是一件十分緊要的事。「美」是生活之更新者，元氣之恢復，健康之促進者，甚至可以說是生機之給予。

33．「大內在」

你可明瞭，在你的生命中，是有著種種的力量，這些力量，只要你能發現，你能利用，是可以使你成就你所想望的一切東西。

人們身體中的億萬細胞中，儘有著鉅量的潛力，只要能被喚起，可以做出種種神奇的事來；然而大部分人，都是不能明瞭這點。病人在病勢垂危；生命呼吸的時候，聽了醫師或親戚好友的熱烈懇切的一席安慰話，會起死回生；這在醫藥界中，是數見不鮮的事。但病人以為必不能痊癒，了無求生的信念，卻可以摧殘與破壞身體中的抵抗疾病的力量；甚至無力足以阻遏病勢的猖獗；只有在病人失掉自信，而存著必死的信念時，疾病纔能致命。

同理，世界上有無數凡庸的人，在今日似乎無力自活，然而在他們的生命內層中，也是隱藏著小量的潛力，而只要能夠喚醒。是可以使他們成就偉大，神奇的事業的。

假使我們明白了在我們的生命之中，原本就有鎖藏著巨大的能力，則一個無用的懦夫，在遭遇火警，或別種變禍時，能夠於一瞬之間，突然變成一個英雄的這種事實，就不足為奇，不難索解了。英雄一向是英雄，變禍不過將這英雄顯示出來而已！

沒有人能夠意想到，在重大，急切的事變，突然降臨在我們的生命中時，我們能做出怎樣神奇的事情來。

我曾經看見過一個氣力平常的人，在受催眠時，把頭，腳，分擱在兩個椅子的邊沿，在他空懸仰臥著的一段身體上，立上半打以上的肥胖的人體。有時候，在他的身上，可以放上一匹壯馬。這些都簡直是奇蹟，因為一個體力平常的人，在身體仰臥空懸時，決不能支著千磅之重的馬匹，與半打以上的人體，正像沒有飛機，人決不能在空中飛翔一樣。這個人自己也決不會相信他能做出這種事來；然而在催眠家強烈的暗示之下，說他能夠這樣做的，他就很容易的做到了。

使這個受催眠的人，做出這種奇事的力量，是從那裡來的？當然不會是從施催眠術者身上得來的。施催眠術者，不過是將受催眠者生命中的力量喚將出來而已。

這種力量是內發的，不是外來所表現這種力量，就潛伏在他本人的生命中。

做成神奇不朽的事蹟的力量，是從這個「大內在」中來的。在這「大內在」中間，是有著一種永遠不病，永遠不倦，永遠不錯誤的東西。這個「大內在」是在我們的生命中。然而卻不屬於我們，因為我們不能發現利用它。一切的真，善，美，都居留在這「大內在」中。這裡是美麗與公道的住家。這裡是精神之美所棲所。這裡是居留著「不可思議的平安」與「超越天地的光明」。

在每個人的生命中，總有著一種永遠不墮落，永遠不腐敗，永遠不沾污的東西，一種永遠真實，永遠清潔的東西，換一句話，就是一種神性，假始能被喚起，可以在最卑污，腐敗的人的生命中，起一種發酵淨化的作用，而恢復他的本相，與失掉的「良知；」等到他恢復了「良知」以後，他一定要做正直的事，因為公義，正直，誠實，原是每個人固有的良知。

在有的時候，我們可以有機會窺見我們的「大內在」。有時，或者我們最親愛的人死去了，這極創痛的經驗，可以劈開我們生命的一條裂縫，而使我們望見我們內在的一種為我們以前所夢想不到的力量。有時，或者我們讀了一本鼓勵的書，或者聽了朋友的激勵的話，這都可以使我們有機會發現我們的真自我。

總之，無論是那樣，在我們一朝望見，覺得了我們的「大內在」以後，我們的做人，一定會大異於從前。

在一個人感覺到在自己的生命中，是含涵著真實，公義的大道時，他會明白，即使全世界都要反對他，他還是要勝利。「自反而縮，雖千萬人，吾往矣！」

林肯之所以成為偉人，理由正在於此。林肯之偉大，不在於他的頭腦的了不得，而在於他在他血肉之軀後面的「大道」。使林肯成為偉大的，是在他生命中動作的「真實」與「公義」。

假使一個人，能夠同他內在的神性，都永不死亡，永不疾病，永不犯罪的神性維持和諧，他能得到最大的生命效率。最高的人生幸福。

將來的醫師會教病人知道，在人的身體中，是有一種創造的作用，永遠在進行，這種創造的力量，不但創造他的生命，並且改造更新的生命，恢復他的生命；譬如像一個人在受創或折骨了以後，他內部的醫治作用立刻開始；而只要他的心理作用，精神態度，不妨礙他身體內部的醫治，創造的作用。則醫治的過程，是會很快的完成的。

創造我們身體的力量，也即是在每夜睡眠中，改造，更新我們身體的力量。我

們身體細胞的新陳代謝，即由這種力量所造成。

許多人，為人一世從沒有深鑽入自己的意識內層，一窺自己生命的大活泉；所以他們的生命的枯躁，渺小不生產的。但假使我們深入我們的大內在，則我們將發現生命之大活泉，這種活泉，我們一度啜飲，即永遠不致再覺口渴，再感欠缺；因為在那時候，「宇宙萬物，皆備於我矣！」

在一個人投身入於「無窮」的懷抱，而生活於「豐盛」的中間時，他的生命，不會是渺小，卑微的！

34．十年河東，十年河西

幾乎所有的人都做過一點白日夢，我們也有時會想到，家裡火燒起來怎麼辦，突然中了第一特獎以後怎樣等等。如果有人能在被解僱之前，想到一旦失業以後怎樣應付，這實在也是件好事。

失業雖然並不是像疾病一樣的不可避免，但是，在你胼手胝足的職業生涯中，你卻大有機會跟老闆鬧翻，甚至被迫另謀高就。

你跟老闆鬧翻，可能是因為你的錯誤，也很可能不是你的錯誤……你很可能是踏著了什麼特別敏感的人的足尖，而自己卻不知道。

不論你的工作怎樣的差強人意，也會有人說你不適宜做這個工作，你的老闆的太太可能有一個需要提拔的小兄弟，你可能是一個木頭人，撥一撥才動一動，你可能在千百種原因裡佔一種，連你自己都不知道怎麼回事就開罪了人。或者，也很可能的是你對工作不能勝任——來晚了，疏忽了，不十分拼命的工作，心不在焉的時

時刻刻等待下班鈴響，就因這些小事，使人覺得你對工作不能勝任了。

不論原因何在，反正被辭退總不是一件令人高興的事，它可以使你陷入失望氣沮，也可以使你發生一種「不如人」的錯覺，甚而能令你瘋狂暴怒。

當失業這種事以不速之客的姿態闖進一個人的生活時，任何人都可能會做出許多事後追悔不已的愚蠢行為來。所以，還是讓我們看看人家應付這些事情時的方法吧！

最重要的一點，用不著哭哭啼啼，辭退一個人也不是一種愉快的享受，老闆們絕不喜歡用這種方法來取樂的。考慮考慮你自己的榮譽吧，這可能變成保護你自己的甲胄。等到你獨自一人時再哭哭啼啼吧，千萬不要在辦公室下淚，辦公室的盥洗室也不是哭泣的地方。如果你還能控你的聲音，你不妨詢問辭退你的理由，你馬上就能發現他們究竟有沒有道理，但是不管他們有沒有道理，你應記住，你只有走路，而沒有其他辦法了。

你接受這個現實的態度，就可測量出你究竟是那種人，無結果的抗議只不過使惱人的局勢難堪的延長而已，你就是破口大罵也解決不了這問題。如果你的老闆開除你並非沒有理由，你就應當接受這一個觀點，也許你真不適宜這個工作。你如果能清楚的問一問，你將受益非淺，你老闆自然不是愛因斯坦，一本正經的來發現你的萬能。

你可能漂漂亮亮的說：「也許你說得很對。下一回，我將找一個更適合於我的工作。」這種話能產生一種良好的感情，對於你服務證件上的評語也不無小補，如果真是你自己不好，你大概除了自己之外，不會對別人承認，但是，只要你肯對自己承認，你也就能於未來加以改善了。

如果事前你就接到通知，千萬不要將這段時間坐視而過，就算你所擔任的是最基礎的工作，你也應善於利用這段時間，好好的為未來的工作作個安排，並將這個已經不是你的工作，煞有介事的完成它，這樣你可以留下一個紀錄，和你的繼任人比較一下。離開職務的時候，一切要有秩序，不要為自己抱委曲，你只要再找一個工作就是了。不把這種不愉快的消息去煩擾你的朋友。張口閉口就談你的問題，不久將使你與他們之間的友誼萎謝。

俗云：「十年河東，十年河西。」此際你雖然不幸被辭退，說不一定十年後你也有權辭退別人呢？最重要的是，你應該永遠記取這個教訓，由此訓練自己，改變自己。命運必須靠自己創造，絲蘿託喬木似的伙計生涯，並非你我所願呀！

35．勿為逆境所困

每遇到困難首先應當簡潔了當面對著它，不要光是抱怨不休，更不可垂頭哀嘆，只是立刻昂頭挺胸給予迎擊。在你的一生裡千萬不要奴顏婢膝，半失敗狀態地匍匐混世。面對困難拿出你的力量來對付它。當你直起腰來立刻會覺得它們所能給予你的阻撓遠不及你所想像的一半大。

一位朋友從歐洲寄給我一部《警惕與反省》，這書裡寫到英國杜多爾將軍在一九一八年三月，率領英國第五軍迎遇德軍兇猛的攻擊。寡眾懸殊，獲勝的機會少極，但杜多爾將軍深知如何堅定昂立，不屈撓。克敵制勝。他的辦法很簡單，只是堅守不動，等著險局來臨，他反過來把險局打擊得粉碎。

這書裡有著一個充滿了力量的句子：「杜爾多給予我的印象猶若一個鐵栓，錨入堅冰硬地，不動不搖。」

杜爾多將軍懂得怎麼面對艱難。只要面對著它就行，不讓步不妥協，困難終於不攻自破，你也一樣地可以辦得到。總有一方面要破的，被破碎掉的決不是你，而是那困難，這是你一定辦得到的，如果你拿定主意。堅強意志是你必須具備的主要氣質之一。這樣就夠了。事實上，果能堅強，則必須有餘力。

每遇困難拿定主意予以迎刃而解，因此你會組織自己，瞭解你的才幹和組織的能力。這樣一來你的態度會立即由消極而積極，如所事正大光明，則有天下無難事之感。然後你敢對自己保證，無論在什麼樣的境遇，亦可安之若素，這意思就是「我不相信失敗」。

好幾年前，高佐里斯這舉世聞名的網球家，在那精疲力竭的困戰下，依舊光榮地保持著錦標。因為事前對比賽的惡劣氣候一無預知，球技遭受到障礙。體育記者對高佐里斯這年比賽的球藝認為遠不及待年，但他持有一股勁兒，這勁兒正是他贏得錦標的因素。那記者說他保持得住堅定的心力，同時還有不可磨滅的事實，他自己也說：「不為逆境所敗」。

這是處世的金玉良言，「不為逆境所敗」。細細咀嚼這句話真是有力之至。如一遇逆境而氣餒，消極的思念隨之而來，那就面對不了困難，克服困難就根本談不

上了。

拿定主意就是力量，這是一種動力足以迎遇艱險。人人都具有這種力，但在四面楚歌中，則面迎的無不是艱難，莫非險境，那麼你就非有「不為逆境所敗」的魄力不可。

你可能會這樣說，「可是，你不曉得我的環境。我的情況跟誰也不同。我已被困難折磨得無以自拔。」

照你的處境，你是不是有比上不足比下有餘之感？既有餘則還有下坡在等著你，還沒有那退無可退的境地哩。在這境遇裡你只有一個方向可以選擇，那就是向上之心，你立刻被鼓舞起來，啾，我更要提醒你一句，不要以為你所處是前無古人之境，這是絕對沒有的事，也是不可能的事！

36・想好就動手

許多青年，常常是想定了一件事情以後，卻還是猶豫不去進行；有許多人，天天在幹著和他興趣不合作的工作，他們說起來總是說命運不好，等著機會，去幹適當的事情。可是他們只是嘴裡說，卻不去幹，如果一個人有了這樣的惰性，那和慢性自殺有什麼兩樣呢？

一般青年們，大多數留意一種成功的原素。這原素就是日積月累的經驗，他們把事情看得過分容易，不肯集中所有精神，去不斷努力。

經驗好比是一個雪球，它在人生之路上越滾越厚，越滾越大。任何人都應該把他的精力，集中在事業上，隨時工作，隨時學習。你花費的工夫越大，得到經驗也越多，而做起事來，也覺得格外來得方便。

青年們你既然抱定了宗旨，為什麼又不立刻去進行呢？你為什麼不立刻去做你

要做的工作呢?你既然打定了主意就不應該再事猶豫了。你應該把你的精力，全部貫注到你所打定主意的工作中去。你如果準備做律師，你就專心致意於法律的研究，經過相當的時日，你的法律知識，自然會逐漸高深，你去出庭替人當辯護，一定也很出色的成功一位著名的律師。你在平時不要自己讓步，不要以為我不比別人差，就算滿足了。你必須隨時研究，處處求進步。對於法律以外的學識，你儘可不問不聞，你不要去摸摸儀器，去動動畫筆，碰碰刀斧，你的目的只有一個，就是律師是你唯一的事業。你必須成為見義勇為，辯才很好的大律師，而不是要成為一個都懂得皮毛的三腳貓!

浪費時間的糊塗蟲，專門消耗精力於放蕩生活的愚笨者，快些醒來吧!你們這樣過著放蕩奢侈的生活，來糟塌自己的精力和時間，實在就是社會中的蠢物啊!

東碰西撞，左翻右倒沒有一定主意的人，他們是永遠不會有成就的，也永遠不會有進步的。他不但停止了自己，而且還常常阻礙別人。他看見別人在做，就自誇自己也可以做…依他的話;似乎世界上的事物，他沒有一件不會，也沒有一件不精。而實際上他卻什麼也不能動手!這種人要想成功一件事業，真比登天還難;因為他們整天只想抽出時間來快活，卻不知道自己應該怎樣去修養自己。

「時間一去不復來！」這是一句最好的警語，你當初到社會上服務時，你總是帶著滿心的精力，你應該把全副精神貫注到你的事業中。無論你的事業是務農，做工，經商……你不要把時間在無形中溜走。

哥德說：「你適宜站在那裡，你就應該站在那裡。」三心兩意的人，讀了這句話，可發生怎樣的感想呢？這是警告你，不要東碰西撞了，依據你的個性，快快決定你的事業，想好了立刻就動手。

有些人工作雖然很努力，但是因為沒有把精力集中，所以只能把精力一點點地消耗在無形的損失中。像漏了的水閘，他們不能把水阻擋住，而水卻在漏洞中滲流出去了。

一個精幹的青年經理，同時接著別的兩家公司的聘請書，因為欽佩他的才幹，聘請他去擔任協理職務，可是他卻都回絕了。有些關切他的朋友，問他為什麼不願接受別家公司的聘請，他們以為他有能力勝任兼理的工作。

但是，他說：「我因為不願把自己的精力分散，使各方面都受到損失。」

是的，一點不錯，一個人如果有了使精力可以滲漏出去的縫隙，這個人的成功，不知道要受到若干程度的損失。所謂縫隙，就是「心神不定」，它是一般有成

功希望的唯一仇敵。

遇到一種困難，就愁眉不展，不知怎樣才好。偶然逢到一點挫折，立刻心灰意懶；碰著一些阻礙，就懷疑起來，想改做這樣，改做那樣，這分精力的漏洞，正不知使我們受到多大的損失；失去了，我們所積儲著辛辛苦苦的資本，而結果，將是一無所成。

無論什麼人假使一開始就能善用他的精力，決定主意以後，立刻依著決定的目標循序漸進，不使它分散，那麼，他們也是有成功希望的。然而，他們偏不願那樣幹，偏要東學一點，西做一下，因此把一生空費了，什麼事也不能成功。

任憑你怎樣的聰明，任憑你怎樣有天才，也任憑你以為有怎樣了不起的天大本領，如果做事不把精力集中，不肯依據原定的目標去傾注全力，沒有忍耐力，那麼他的本領，天才，聰明，都將毫無用處。

你知道為什麼一個有經驗的園藝家，要把一顆植物的芽枝都剪除的原故呢？

老實告訴你，為要使樹木能生長得快，果實結得特別肥大，就非要這樣不可。因為一棵植物的芽枝，是可以分散吸取根部的養料，使它的精力不能集中在樹幹和果實上。若不是這樣做，他在收獲上的損失，正不知要超越枝條的損失多少倍。

那些有見識的花匠，也常把花蕾剪除去，只留著一個或兩個在枝條上。難道他所剪除的花蕾，它們不會開美麗的花朵嗎？不，不是這樣的。他們的目的無非想使滋養的養分，都集中在一二個留下來的蓓蕾上，使將來開放的時候，格外美麗，格外嬌艷。

我們的生長，又何嘗不和花木一樣呢？如果我們能集中精力在某一項事業中，那麼，這件事業，定可以獲得十分美滿的結果。

肯集中精力，埋頭苦幹的人，他們的前途，真不知有多大的光明。你不要妄想，以為一個人同時可以成就多種事業的，無論怎樣卓越的人，也決不能做到！

你要在一件偉大的事業上獲得成功，你立刻把所有微小，平凡，沒有把握，和一切不迅合自己的希望，都完全剷除，你更需用剪刀，大膽地把要分散你的精力的一切累贅，完全剪去。即使你所幹的事情，已經獲得相當的成效。但是你也得忍痛犧牲，否則，將來的損失，正不知比現在還要大上若干倍。

世界上成千成萬的失敗者，並不是他們因為沒有才能，也不是他們沒有決心；而是由於他們不肯集中精力，由於他們不在決定主意以後，立刻動手去幹，他們東碰西撞；這件試試，那件做做；他們既然學音樂，又想懂得點體育知識；同時又想

幹幹地產事業，又希望做個實業家。這樣還不夠，又去研究一下法律，又寫些文章去投稿，並且還學做文藝著作者；同時還準備當教師，而且還想成為詩人。他們儘量把精力分散開去，他們並不覺悟，假使能打定了主意，把精力集中在一件事業，所獲得的結果，會使他驚奇萬分。

一個人有了一種專門技巧，比有了十種本領的成功，不知要大得多少倍，因為他只注意著一種技巧使他在任何地方，都對於這方面下刻苦工夫。但是他如果注意於多方面，那麼，他的結果還有什麼成就可說呢？他有了十種本領，他將忙不過來，他的精力，也不知如何支配了。事實上，一個人的精力是有限的，不可能面面俱到，而後來，他只能這樣也敷衍一下，那樣也將就一點，後來的成就，試問還有什麼希望？

現在的社會，是一個優勝劣敗的時代，競爭的情形，一天比一天激烈，一天比一天緊張，一切事業，只有專門的人才把握得住，樣樣都會的，三腳貓一定給時代所淘汰。

我現在確確實實的警告大家：

一個現代的青年如果想在事業上獲得勝利和成功只有：

一、在一件事業上用工夫，把一切精力集中在一件事業中。

二、他必須在一種事業上，下最大決心埋頭苦幹。

三、他必須立志做一個專門人才，他必須在這種事業上隨時求進步。

四、經驗是累積成的學識，也是漸進的，你不能因為不可能立即有所成就，而改變了主旨。

沒有一種特長，什麼都會一點的人，只配過平凡庸俗的生活，永遠不會得人們的崇敬和讚美，而專心致力於一種事業的，他在決定了事業以後，對於一切不相干無關的引誘，都能用自己的意志去拒絕，而向著他的目標前進。

37・欺騙與說謊

不久以前，某布帛商店中的經理人，日前他店中正在忙著整匹布帛，剪成碎段。他說，只要在廣告上加宣傳。說，購買碎段的布帛是比按碼計算的布帛怎樣上算，怎樣便宜，這種哄騙的暗示一定可以使得人們樂於購買，因之可以坐收大利。但是試問，一朝顧客發現了此種哄騙以後，還有誰願意再去光顧那商店呢？

許多人都相信欺騙，說謊，是一種有利的勾當。他們以為欺騙的手段是很值得使用。所以許多聲譽很好的商店，也往往要掩飾自己的商品的缺點，壞處，而登載各種欺人的廣告。有些人甚至以為，在商業場中，欺騙的手段，簡直與資本一樣的為必需。他們相信，一方面與言行誠實，而同時須要營業上得到大成功，這是很難能的，甚至是不可能的。

現代新聞界中有一種很不幸的景象，就是新聞報導常有離開事實，渲染事實，牽強事事，顛倒事實的傾向，其實一家報社的名譽，正與一個人的名譽無異，一家報社而常常有意地刊登不忠實而騙人的紀載，則不久它必會蒙「造謠說謊者」的惡名，只有那些不肯離開事實，淳染事實的新聞，纔是新聞界中的柱石。它在社會中所佔的地位，要比那些雖則銷路廣大，而卻是不忠實的新聞報導高大得多。

不為利動，沒有私心，而在任何情形之下，都是言行忠實，——這種美譽，其價值比從欺騙中所得來的利益大過千倍。

沒有健全的德性，不能絕對的忠實，社會中這種人很危險。他們在平時也許是願意站在正直的一方面，但是一到自己的利害關頭時，他們就要離開正直，就要不說正直話，不做正直事了。

他們也許不正面的說謊，欺騙；但他們往往會留著些應該說，而為一個誠實的人所必須說的話不說，但究其終極，則此種人的行為，究竟是得不償失的。

他們不明白，在他們多得一分金錢時，他們即是多損失了一分品格。他們的錢袋中固然是有所增益了。但他們的人格卻是有所減少了！

而且，世間不知有多少不誠實的個人或機關，會在日後覺悟到，究竟欺騙的行為是不可靠的，是要失敗的！所以——即從利害一點上打算，誠實也是一種好的政

策呀！

天下沒有一種廣告，是可以比忠實不欺，言行可靠的這種美譽，這種活廣告，更能取得他人的相信。

在一個言行誠實，而自覺有正義公理為之後盾，與一個欺騙說謊，而自知其為欺騙，說謊的人，中間其所能發出的力量的大小，真不知要相差多少呀！

一個言行誠實的人，因為自覺有正義公理為之後盾，所以能夠無愧怍，無畏縮地面對世界。他有「自反而縮，雖千萬人，吾往矣！」的氣概。而一個言行不誠實的人，卻會在內心聽到這種聲音：「我是一個說謊者；我不是一個人，我是一個卑污者，一個戴假面具者。」

說謊的人，是人中的敗類，是墮落的人！

許多青年，為了取得一些小名利起見，會拋擲自己的人格，自己的名譽，像在跑馬場中賭擲一樣地無吝色，這豈不是一種可悲的現象嗎？

一個人有著大宗的財產，然而他卻到處為千萬人所指戟，被千萬人笑為出賣人格，出賣尊榮，出賣名譽，出賣一切有人格的人，所認為價值的東西，——財產對他，有何用處呢？

糟蹋自己的人格和名譽值得的嗎？百合花的潔白，著了污漬；玫瑰花失卻了芬芳同美麗，還能成為百合，玫瑰！

一個人腐化了他內在的最高貴的東西，一個人失去了為人的資格，他又何能在人世間為人呢？

一個不誠實的人，會常常受內心的指摘，譴責。而這時名，利，並沒有力量，可以鎮壓住這種指摘與譴責。

38．聰明的經濟

人們講求經濟，有時究其實，往往是反而不合於經濟的。銖錙必較，愛財如命，這算不得真經濟。

我認識一位富人，他在青年時就養成了過度講求經濟的習慣，到了後來，他竟不能將這習慣改掉。他往往為了節省一角錢而費去價值一元錢的時間。

這個人往往要把寫剩的半頁空白信箋撕下，把信翻轉，以當作草稿紙之用。他常常要費去了許多的寶貴時間，以去節省一些小費，他所費去的時間的價值，與他所節省得的利益，完全不相比稱。他在業務上，也帶有這種吝嗇的經濟精神。他教他的雇員，無論如何，在包捆貨物時，總須節省些繩索；雖則在實際上，所費的時間的價值，要超過於繩索的價值一倍。他每要做出種種如此相類的愚不可及的經濟手段來。

能夠對於「經濟」的真意義，有充分認識的，其人很少。經濟的真意義並不是吝嗇，並不是一毛不拔。真經濟的意義，有時是指大量的用錢，只要用得其當。真的經濟，聰明的經濟，與那吝嗇的經濟，那費去價值一元的時間，以去節省一角錢式的經濟，其間是有著很大的差異的。

我從來沒有看見過過度看重小利，而銖錙必較的人，能夠成功大事。

小來小往的時代已成過去，吝嗇的經濟是不適於時代了。

時至今日，大來大往；只有氣量大，眼光遠，評判健全的人，纔能在事業上成功。做大事是要用大手段的。

所謂經濟，自其最廣義言，須含有遠大的眼光，健全的評判兩種原素。

所以真能懂得經濟的人，有時應該十分大量的使用金錢，因為用去了百元之數，或許能夠得到千元之數的報酬的。

大量的花錢在足以助我們達到成功的地方，大量的化錢在足以使我們得到他人的良好的印象；足以助我們上昇，上進的地方，比之金錢存入銀行最為值得。立志要想做些事業的人，必須把眼光放得遠大些，不要養眼在小的地方，因之而損失了更大的利益，犧牲了更大的機會。

節省的習慣，行之過度，則不但無益，而且有害。一個商人要想在正當的業務開支上講經濟，其為不智，與一個農夫想在穀種上講經濟的情況一樣，「播種不多，收獲亦不多。」

我認識一個人，他就因為在衣飾及別種地方太講求經濟的緣故，而失掉許多進取的機會，而使得營業大受挫折。他的一套衣服，一條領帶，非至十分破舊，決不肯換掉；因之很受他人的輕視。他從來不肯讓他的顧客，或可能的顧客喫一頓飯，也從來不想替他們付一次車資。他這樣的吝嗇，這樣的一毛不拔，所以人家不很願意同他交易，錯誤的經濟，使這個人大大喫虧。

有些人為要節省些小錢，不肯把適當的養分供給自己，因之而使得身體健康，大受損害。你假使有志做些事業，你必須避免這種不經濟的經濟。因為要節省，而供給你自己以不良的養分，其為不智，與一個廠主，因為好煤的價格高昂，因之而些劣等的煤，以轉動機器無異。不管你怎樣窮，總不可在食料方面節省，你可以在別的地方講經濟。但千萬不要在養分的質量方面虧負你的身體，與頭腦。

人們在身體精神不佳的時候，不能進行重大的業務。只有在體力強旺，腦筋清晰的時，辦事纔有高度的效率。所以為了要維持健康起見，而多化些錢，不單在身體的健康及安寧方面，即從金錢方面言，也是上算的。

人們許多寶貴的生命力與精力，都是因為存了似是而非的經濟觀念而耗費去了。人們在患了雖似輕微，但總須就醫的疾病時往往為了捨不得錢，月復一月，年復一年的遷延下去，不想就醫。結果，因小失大。

應該將「力量」「效率」，視為我們的目標，準則。凡足以增加我們的力量，效率；足以增強我們的腦力，體力的，不管代價怎樣高，總是值得的，在足以使你成功，足以使你成為更廣大，更能幹的人的這些地方，你當不惜大量的使用金錢！

39・現代登龍術

我們常見有許多人，無論在什麼場合，總是不為人所注意，孤立無援，到處碰壁；反見有些人，八面玲瓏，左右逢源，無論任何事情，只要他一出面，便可大事化小，小事化無。

很多人也許會感覺奇怪，同樣是在一個單位工作，可能前者的職位還比後者要高，為什麼他們之間會有截然不同的境遇呢？這就是社交手腕高低的緣故。

的確，社交實在是人與人之間發生連繫所必須應用的手段，運用得法，不但可以得到許多方便，且可影響一個人在社會上的地位與聲譽。一個人只要能夠善於運用交際手腕，一定能夠得到許多方便；反之，如果不懂社交，其吃虧在所難免。

在社交場合裡，千萬不能板起面孔，你的笑容就是你的財產，也就是他的進攻對方唯一的銳利武器。你要時常堆起微笑週旋於親友之間，唯有這樣才能幫助你去獲得朋友，才能使你得到別人的擁戴和愛護，使你到處受人歡迎。

處世切忌主觀，社交原是為了享受快樂，因此在這種調劑性情的場合裡，應該處處保持輕鬆活潑的空氣，切不可使在場的人過於嚴肅。更不可因為別人意見與自己不合，就氣憤填胸，引用理論加以批駁，硬要堅持自己成見；因為在團體場合裡，你有你的成見，別人也有別人的意見。如果你硬要保持自己尊嚴，駁倒別人，別人為了維護自身威嚴，當然也不肯就此低頭，這一來，你不肯讓步，他也不肯讓步，空氣就會變得緊張而嚴肅，結果自己一無所獲，反使在座的人都感到討厭，那又何苦來哉！

風度是一個人教育程度、處世經驗和氣質的化合體。因此，你應讓你的風度大大方方的予每一個在場的人以好感，無論坐著站著甚至走著的時候，都不能過於放浪，有些人喝了幾杯酒以後，往往就不能控制自己，開始目空一切，語無論次，笑話百出，這是不對的。

在任何社交場合裡，我們當然不能否認，每一個人的社會地位不會相同，所以，假使你瞧不起某一個人，也不能眼睛生在額角上，顯得自視甚高的樣子。須知，這本是一種應酬場面，可交則交，不可交也不過是暫時的忍受而已；雖然你不

必過份謙讓，把眼光專門掃到別人的肚皮上，但也不應把眼睛生在額角上，一味的望著天空。

世界上最愚笨不過的人，就是一般自作聰明，在社交場合自誇不凡對別人不屑一顧，專愛挖別人瘡疤，使別人因此而臉紅的人，因為每一個人都喜歡別人對他恭維，俗語說：「千穿萬穿，馬屁勿穿」就是這個道理。

每一個人都有其自尊心，每一個人對於自己切身的利害，也都看得非常清楚，所以每當別人有損害自己自尊或利害的行為或傾向時，無不馬上發生反感，而賣弄聰明最易刺激人家的自尊與利益的感覺，引起衝突或不歡。

我們常見有許多人在社交場合大打出手，互毆得頭破血流，究其原因，不外乎一方面之「賣弄聰明」所致。所以要想獲得別人對你擁戴，使整個交際場合因你存在而感到愉快就得先拋棄自己那個「賣弄聰明」的笨策。

我們所以出來交際，為的是多得些知交，因此在交際場面上，切不要玩弄技術，因為在這種場合裡，你如果玩弄技術，根本是自尋煩惱；而且如果你在應酬時，對別人處處提防，時時憂慮，恐怕不等席終早就暈倒了。

今天是一個互助的社會，如果我們一天到晚，處處警覺時時疑心，這樣又何能獲得推心置腹的知交？如果你想獲得別人對你的信任與瞭解，你先得放開權術。

在社交場合固然不宜玩弄權術，可是也不能暴露本性，對人輕易暴露自己本性的後果，正與喜歡玩弄權術的人一樣地容易失去所有的朋友。

世上有許多人，當感情好的時候，如膠似漆，但不久便翻臉不認人了；其原因無非是，在感情好的時候，兩造的一方或兩方太暴露了自己本性，因而加重對方的苛求，稍不如意便生誤會，這種誤會很容易的便引起不可補救的裂痕。所以在交際場中，那種一見傾心，侃侃而談的作法是錯誤的，因為一個人要想與別人維持友誼於永久，是不宜過於暴露自己心靈的。

此外，在社交場中，有些人往往會三五熟人，交頭接耳地湊在一起低談，置其他在座的人於不顧，這也是最不禮貌的。須知，凡在座的客人，雖不是直接朋友，至少也都是間接朋友，如果不作一次交談，自然不會熟悉，將來偶然再有一次碰頭機會，各不相理，豈不是笑話？

所以，在交談時，一定要面面顧到使每個人都有發言應對的機會，這樣才是正常的社交態度？

在社交場合中，固不應偏頗，但也不可顯得過於活躍，跳跳蹦蹦，竄來竄去。

這種行為，不但不能使你出風頭，相反的卻大大的降低身份，為人所瞧不起。當然，你也不能呆若木雞，不動聲色。

以上所述，只是一般原則，運用之妙，還得憑你自己的智慧，隨客觀環境而應變。不過，只要你能隨時記取這些原則，雖不一定能夠你處處玩得轉吃得開，至少也不致令你孤單寂寞的獨自縮在牆角。

40・豈可妄加論斷

在歷史上女人曾幾度被認為是兩個中比較脆弱、溫柔、懦怯、文雅的一性，甚至直到今天，仍有許多人們大言不慚地說，女人除了會做針線、管家、下廚、洗衣、懷孕、跳舞、唱歌、辦些輕鬆公事、做些小買賣、繼承財產，做現成的女大亨之外，別無所能。

事實上，女人早已從男強女弱的舊觀念裡抬起頭來，無論在那方面，她們都足以跟男人對抗，只是在這以男性佔上風的社會中，不大容易看得出來而已。

男人們往往以雞不跟狗鬥，來規避在女人面前的丟臉，實際上，男人除了野蠻之外，在若干活動上，根本無一技巧，即使在政治和商業上，他們亦復是笨頭笨腦，脆弱無能的。然而，他們卻仍固執的以為：女人祇會以父顯、妻以夫貴、母以子榮。這傳統而又固執的人類思想，把女人千百年來的苦幹和奮鬥，完全抹煞殆盡。

一般而言，女人的意志平均下來，並不比男人脆弱，可能比男性更有勇氣。試

看洪荒時代裡，主宰社會的那個不是女人，保護男人的，不是女人又是誰？今天女人雖然好像是在受著男人的愛護和保衛，其實這正是女人比男人有深度的明證，她們不是利用男人打頭陣，非到最後萬不得已時，絕不拿出她們的勇猛來。

談到蠻與野，男人更不是她們的對手，當女人把她們潛藏著的蠻性和野性露出來的當兒，簡直可說是「萬夫莫敵」，尤其是在無可奈何時，更是一無駭怕，毫無畏怯。請問在人類歷史上，那一個那一代的女皇不比其他任何男性帝王來得橫暴殘忍，無數苛毒的極刑，那樣不都是女人發明的？

遠在很古的時候，一位波斯詩人早就說得很明白了，他說：「女人是神選了一朵玫瑰，一朵花蓮，一隻鴿子，一條蛇，一小撮蜂蜜，一隻蘋果，一把利刃，一包毒藥，一撮土，所混合起來的。」而男人不過是女人所養出來的而已，試問那個男人不是女人養的？只不過是好女不跟男人鬥罷了。

「弱者，妳的名字是女人！」這句話是莎士比亞在他的「哈姆雷特」第一幕第二場裡說的。其實莎翁這句話從整個劇情來看，意義恰巧相反，可是現在這句話卻被天下男人們斷章取義、黑白顛倒了。

女人絕不是弱者，古有明訓。在羅馬教廷歷代教皇的箴言錄裡有：觸犯了她，那當然是不得寬恕，服從她呢？她也一樣地會切恨你入骨。

真正聰明的男人，是不肯開罪任何一個女人的。歐美各國的諺語，曾說：即使躲在屋頂的角落裡，也躲避不了女人的雌威。

世界上最完美的創造女人即使是花言巧語，也比一個男人的肺腑之言正確可靠得多，一個女人的溫柔嬌弱，更比一個男人耀武揚威，英勇有力得多。女人寧可忍受刀割成傷，但絕對不會忘記細小的侮辱。由此可見，上帝在創造女人時，不但給她毫不粗野的個性與無比深沉的勇氣。

那麼弱者究竟是誰呢？

也許仍有許多粗漢們還要強詞奪理；依然大言不慚的自以為是強者，但他們也祇不過是一味的蠻不講理而已。

在他們蠻不講理中，認為最有力的反駁是說女人好哭。他們說女人一遇到困難、駭怕、力不勝任時，就要淌眼淚。這才真正是瞎說，哭在醫理上是一種正常表現，是人就會哭，試問那一個人不會哭？那一個人出了娘胎不哭？除非他不是人，孩子會哭，女人會哭，男人又何嘗例外？

淌眼淚在全世界任何國家種族，是表示悲哀、悽楚、痛苦、傷心、樂極或喜出

望外的象徵，除非他不是人，否則不會沒有眼淚。如果說會哭的都是弱者，那麼不會哭的不是弱者，也就不是人嘍。

男人當真不好哭嗎？請讀霍德的這首短詩：「哦，現在我是死路一條，爬上床，蒙起頭來，嚎啕大哭一場吧！」

到了這個地步，男人還一口咬定勉強地說，偉大不朽的男人是不哭的。我們暫且承認男人不好哭，所謂英雄眼淚不輕彈，但事實男人非但好哭，而且越是英雄好漢越易掉淚，試看凱旋歸來的英雄，有幾個能不喜極而泣？再看運動場上的好漢們，當他們漂漂亮亮的奪得錦標，抑或輸得慘兮兮時，又有幾個男人能無動於衷？

足見好哭在女人未必是示弱，在男人也不見得就是沒出息。不論男女，祇要是人，人體上就有淚腺，就會哭。

老實說，女人的眼淚自古以來就曾獲得過無上的讚美。「女人的眼淚是用來沐浴靈魂的！」這是英國詩人奧斯丁說的，請問那一個男人當他的愛人在淌眼淚時無此感覺！

事實如此，請問好哭的是男人還是女人？更有誰還說好哭的就是弱者？

41・男人真是一頭猛獸

在這個社會裡，依然是女孩子們要比男人們多吃一點虧，她面臨的是男性的引誘和威脅，因此，當一個女孩子和男人交往的時候，首先應該注意的就是瞭解對方，面對現實，並且採取適當的防護措施，這樣，才不至讓他把你整個吞噬了。

男人們的社會知識往往要比女人豐富得多，他們常常利用這些豐富的社會知識來扮演一場對付異性的不忠實話劇。試看你隔鄰那個漂亮小伙子，或是時常碰到的那個樣子很瀟灑的男孩子，不管他是怎樣地大方、英俊、高尚、慷慨，只要他是一個男人的話，他對付你的動機，根本早已註定了是對你不老實的。

女孩子們總容易犯上一種錯誤的直覺，以為男性的做作，只是對你欽慕或同情，並沒有其他的企圖，而把心理上的藩籬撤除，你如果也犯上這種直覺的錯誤，那你就錯了。

男人總是打著他的如意算盤，他老希望沒有代價沒有責任地得到你的愛，然後再輕輕地丟在一邊，繼續進行另一個新鮮的獵物。他的選擇，只是根據你能否使他的肉體愉快，而不是在乎你的智慧能力和學識。他們有一種自以為是的信心以為女性的生活中不能沒有他們，不能離開他們而生活；自然，任何人都不能離開人而生活，但是，男人又何嘗能離開女人而生活呢？

男人還有一種自作多情的變態心理，以為他所認識與不認識的女孩子們，都在偷偷地喜歡看他，如果你在無意間對他笑了一下，他就會立即疑心到你想要嫁給他了。男人也是一種比較聰明的動物，難於捉摸，難以處理，他常常會裝傻，表示一種非常糊塗的樣子，其實，在他的內心都是有步驟有藍圖地防衛著他自己，因此，你得步步為營地警惕自己，防衛自己。

你應該要注意的地方實在太多了，社會愈複雜人心愈難測，世界上唯一可靠的人是你自己保重，自己防備，以免被色情的漩渦所毀。

一個男人追求你，他是先接近你，而使你對他發生情感，使你自己的意志紛亂。最通常的方式是請你吃飯看電影坐咖啡館和送些禮物，並且還會裝低著聲音，一遍遍地說著；他從來沒有遇到過像你這樣美麗的女人，你是如何如何地漂亮，你把他的生活弄得神昏顛倒，或他是如何如何地一時一刻都在想念著你。他這樣做的目的，只是想動搖你的情緒，使你認為你從書本或電影裡所看到的理想的夢來了，他把你的夢給帶來了。

男人的手段是多方面的，他也會以一種使你憐憫他的舉動來奪取你的苦心，譬如說，他會跟你喋喋不休，條條有理地說他在家中是怎樣地被父母兄弟欺凌，在社會裡面他是如何地因才華過人被排擠。總之，他變成了一個無依無靠的可憐人，記住，這些都是要使你動搖的偽裝，你要小心，否則就上當了。

以保護者姿態自居的年長者，他會對你說，他被你的姿態影響得使他覺得自己也年輕了起來；他有一個像你一樣的年齡的女兒、姪女等，他歡迎跟年輕人混在一起；這種人的危險程度並不亞於一般年輕人。

他是以一種長輩的姿態出現，使你對他不發生懷疑而鬆馳你的防衛力量。當他以臂膝攬著你的腰、肩和手臂時，你還以為他是善意地怕你跌倒。這種人可能是你父兄的朋友，你的男朋友的叔伯，你任職公司裡的老板，這是年老而心不老的老色魔，要特別注意。

男人們的技巧很多很多，一個聰明的男人，他往往會使用一種反刺激的辦法來

對付你，他的目的明明是你，但他卻不來接觸你，好像忘了你有這個人似地。這時，你的腦中或許會浮起一種印象；難道我不夠美麗沒有吸引異性的能力，這個男人倒是頂不錯呀，為了要證實你腦子裡的假定起見，你倒自動地要試驗一下，這樣的話你就糟了，你入了他的圈套，你將糊裡糊塗地損失掉你寶貴的東西。

還有一種男人，當也偶然打一兩個電話給你，遭到你拒絕時絕不會嘮嘮叨叨地繼續麻煩你，看起來，他並不是怎樣窮兇極惡地追求你。在和你一同進餐時，他始終持著一種距離，對你的稱讚非常得體，不像一般人那麼過份，當送你回家在黑暗的地方，也不會毛手毛腳，即使是約你到郊外去欣賞黃昏落日的景緻，也不會對你有非禮的企圖。

這樣，你心理上的「防禦工事」就會全部撤除了，最後，在一個他預先排佈好的場合下，他先用一種熱情的眼看著你，慢慢地，他的手攬著你的腰，緩緩地把唇貼住你的耳旁頸項，這時你根本早已是一座不設防的城市了你只有任暴風雨襲擊，變成悲劇中的主角。

上面說的都是怎樣防禦自己的措施，但是如果你主動地需要他時，你應該怎麼辦呢？你應該儘量地裝飾自己，男人們每愛說他們喜歡一個態度自然的女人，這些謊話，也許他們的確歡喜一個自然的女人，但是，這個女人是他結婚後的太太。

不要讓一個男人太詳細地知道你的一切，你要是在他的面前弄得神秘一點，切不可門戶開放，你的隱憂和困難的事，也不要讓他知道。

你的過去歷史和你現在的感覺，最好是讓他自己去發覺好了，因為你告訴他，說不定他還會認為這是偽造的，等他自己去發掘出來的時候，那他倒信以為真了。

自大是男人的一種劣根性，當他自吹自擂的時候，你不妨表示一點無所謂的態度，不要去拆穿他的謊話。

追求你的人，總是千方百計的追求你，第一個步驟，他會請你給一個電話號碼，你千萬不能給他，你可以很快地說：「把你的號碼告訴我吧！我有空的時候，我會打給你的。」他聽到你這句話時，一定會半驚半喜，驚的是你居然會反問他，喜的是你說不定會打給他呢！這樣，你不是在他腦海裡又增加了許多神秘和難測嗎？

當你在幾個朋友中選擇了一個較為理想的人後，你不妨給他一點折磨，你很可拒絕他的邀請，你不用害怕會失去他，這只有增強他的勇氣，只要他是一個勇敢而實在愛你的人。

如果一個男人在追求你的時期中，顯得愚蠢而帶有癡氣，這一種人你可以考慮和他結婚；如果他在追求你的時候，處處顯得精明，這種人倒要當心，他可能是情場老手或者只對你的肉體或金錢發生興趣。

雖然男人是天生有一種摧殘性的動物，雖然他們像是一種貪得無厭的野獸，但是，唯一能馴服能克制他而且能創造他的，就是女人，因此，男人還是值得去愛他，但是，你得穩打穩紮，步步為營，小心留意才是。

自古紅顏多薄命，這是人盡皆知的事實，可是，不分男女，外型長得漂亮的女人，總是比較佔便宜，尤其是那些所謂的「美男子」，更是佔盡了一切「便宜」。

這裡我們無意褒貶那些所謂的「美男或美女」，只是就一般事實，提醒各位少女，如果妳在擇偶的話，心美往往比貌美更為重要。

風度翩翩，文雅健壯的美男子，雖然能討人歡心，卻不見得會有美滿的婚姻。

那些所謂的「美男子」，就因為社會對他們太好，所以他們自己便不爭氣，請問，妳願意光為「小白臉」而一輩子束緊肚皮挨餓嗎？

還有，他們因為自恃漂亮英俊，以為自己在女人群中很吃得開，所以總喜歡到處拈花惹草，這種人幾乎全是不老實且薄情。

正因為他們具有「玩火」的本錢，所以他們四處玩火的人，總有一天要自己焚身，不得好下場的。反觀那些面貌平平，心存忠厚的人，正因為社會沒有特別優待他們，所以他們努力奮鬥，成功發展。如果妳希望婚姻幸福美滿，而不懊惱傷心的話，還是找老實人結婚吧！

42・愛情與責任

很多的年輕夫婚，常會大聲疾呼說：「永久不渝的真實愛情，會把我們倆永久連繫在一起……」但這真實的愛情，該有多麼空虛、抽象。

日本有一位婚姻顧問，也是醫學評論家石垣純二博士堅定的說：「維繫夫婦愛情的，該是相互的責任感。」這雖然也是個類似有點抽象的名詞，但卻有具體表現的方法。

一個單身漢，本身是所有的一切，而本身所擔的擔子，也無比的輕，可是一旦討了個心愛的老婆，就算是老婆也能賺錢，但無形中自己肩上的負荷，就加重許多了，等生了屬於自己的孩子，那負荷就更為沉重，有時會壓得你無法透過氣來。這負荷就是對老婆孩子的責任感，負荷的加重就是責任的加重。

跟異性戀愛得昏了頭的人，常會自恃清高的說，男女愛情並沒有條件，那只是兩個心的相印，除了愛情便空虛得沒有任何東西。話雖如此，但愛情依然有條件存在，至少，不是正因為是他或她，你才愛著的嗎？她或他就是你要的唯一條件，便是互相的責任感。

為了老婆站在老婆的存在，你便不能移情別愛；為了你必須盡到你為丈夫的責任，你必須永遠愛著你終身的伴侶，絕對沒有一個愛妻子的理想丈夫，會去跟別的女人談情說愛。有了愛情才生出責任的感情，有了責任感覺也才能生出愛情，維繫已有的愛情。

青年男女之所以結婚，乃由於渴求情緒安全的自然欲望所驅使。人在結婚之後，夫婦可以互訴衷曲，希望對方有公正不偏及不存成見的表現，彼此分擔當前的難題與憂慮，藉以促進情緒上的安全。如果不是有此需要，則許多單身男女自是情願不娶不嫁，以免要負起婚後許多義務與責任了。

現今生活上的競爭非常劇烈，爾詐我虞，風險百出，單憑你個人單槍匹馬地去應付，至感困難與艱苦。在人生的戰場上，夫婦乃是最好的戰友和伴侶。所謂：「夫者扶也；妻者齊也。」正是表現雙方互相合作的意義。夫婦生活乃是同舟共濟，對於人生驚濤駭浪的侵襲，相救如左右手。

夫婦的生活是相依為命的，在精神上及在物質上，都是甘苦禍福同嘗共享的，在人生歷程上，孤軍奮鬥，很易灰心挫折，美滿的婚姻生活對此確是一大補救。你灰心，她鼓勵你，她失敗了，你援助她。在夫婦同心合力、提攜協助之下，事業成功的基石就奠定了。

一對夫妻如欲愛情永遠長青，互相諒解，互相遷就，一切以維護愛情為前提，努力達到互相配合的境界，乃是唯一良方。

世界上雖然沒有兩個絕對相像的事物，然而，男女結合的原則，卻貴在志同道合；違背了這個原則，便無幸福可言。

為了彼此的愛情著想，為了共同生活的幸福著想，每一對夫婦都應該設法改變自己，以求適合對方。

但是，這並非要你完全犧牲自己的一切去討好對方的說法。我們知道，戀愛的享受在乎幸福，如果要一個人完全犧牲自己去討好對方，那麼，這結果是戀愛中的奴隸，奴隸是沒有快樂，更談不上幸福的。這純然是雙方聰明的合作始能達成，絕不是單方面的忍讓所能奏效的；換句話說，便是大家都應該默契地同樣去做，以平等互惠的精神，共同致力。

也就是說，當雙方遭遇到相持不下的事情時，彼此不妨作有限度的讓步，凡事只要各人能遷就一半，什麼問題不都可以解決了嗎？

此外，凡屬對方所喜愛，而為自己所不感興趣者，只要這件事對你不致是種痛苦，你也不妨順承一下對方的意思，例如，你妻子如果想上街去逛逛，而你今晚又沒有其他的約會的話，陪著她出去消遣一下又有什麼關係呢？又如作丈夫的，如果覺得妻子所做的麵條吃膩了，叫妻子蒸點奶油蛋糕什麼的換換口味，儘管做妻子的妳，如何急於要炫耀妳做鮮蝦餃子的技術，姑且遷就一下丈夫的意見，也不見得是妳的損失吧？

許多夫妻感情上的變化，並非出自命運的必然，而是出於人為的偶然，這是最值得惋惜而又是最不幸的事情。

曾有一對青年夫婦，彼此原是非常相愛，但是因為性格不同，時常鬧意氣。每次衝突的時候，女的總是逞著脾氣提出脫離關係，男的委屈求全，也沒有能夠改變她這種態度。終於在一次衝突以後，無法轉寰，男的帶著絕望的心，痛苦地走了。事實上，兩人都非常相愛，只是女的性格太強，動不動就要求脫離。事後她感到悔意，而想挽回自己造成的僵局時，男的已不知去向，不再回頭了。

由於這件事實，給予夫婦們一個很好的啟示和警惕！這便是衝突的時候，還是必須顧全雙方的愛情。

夫婦之間，全沒有意氣的爭執，幾乎是不可能的事，愛得愈深，苛求也愈切，這是不能避免的。而且鬧意氣也不一定是壞事，有時倒會發生良好的刺激作用，事後常能使彼此的愛情更加增進，問題在於衝突時，彼此採取怎樣的態度。

43 ·過與不及

獨立本是一種值得稱讚的性格，可是根據婚姻專家的意見，太獨立的女人並不受男人所歡迎，最使丈夫滿意的妻子，往往是在順從中略帶獨立的女人。你如果希望婚姻幸福，你就應該先曉得你的獨立程度如何？

下面共列有十八個測驗題，可以幫助你瞭解自己的獨立程度，要是你「是」的答案在九～十四之間，那麼你可說是男人所喜歡的那種女人了；要是你「是」的答案在十四個以上，那麼男人似乎會嫌妳太獨立了；要是你「是」的答案在八則以下，男人也許會以為你太順從，自己太沒把握了。

那麼怎麼辦呢？你可以在日常言行中，正如化粧一樣，把自己的優點儘量表現出來，把比較不受歡迎的性格隱藏者，這樣就不會為丈夫所討厭了。

一、你是不是可以制止自己不哭？

二、你是不是喜歡當眾發表意見？
三、你是不是能接受別人批評而不感有失面子？
四、在社交場合中，你是不是成為注意的中心？
五、你是不是容易和陌生人交談？
六、你是不是能大吹大擂一陣而不被拆穿？
七、當別人對不起你的時候，你會讓他曉得嗎？
八、你是不是願意為你的權利而爭？
九、你可曾把不滿意的東西退回給商店。
十、你的丈夫、未婚夫或男朋友，是不是時常照你的話去做？
十一、當你們在一起的時候，你的話是不是比他多。
十二、你是不是喜歡接受新的責任。
十三、你是不是情願為自己工作而不願為別人工作？
十四、你獨身是不是能和結婚一樣的快樂？
十五、你是不是善於籌款？
十六、當人家服侍你，服侍得不好的時候，你是不是時常表示不滿？

十七、別人是不是經常請教你？

十八、在遭遇危難的時候，你是不是很有把握度過？

從古到今，許許多多的怨偶們，總把一切的不幸歸諸命運，以為這都是無可避免的，命該如此。

其實，在健全婚姻基礎之上，一切美滿的生活表現，似乎完全是出於兩性共同為幸福努力，所產生的效果。一切都是人為的，與命運毫無關係。

你可以拿一個玩具或幾塊餅乾給一個孩子，使他感到意外的快樂；你也可以從一個小孩的手裡，搶去他的玩具，或者奪去了他的食物，使他感受到意外的失望與悲傷。一個孩子的快樂或煩惱的命運，既然可以受到你的操縱，一個男子的快樂或煩惱的命運，當然也可以受到你左右。

為了這個理由，所以我們以為結婚是一種藝術，而不承認是各人的命運。

也許你很幸運，你很喜歡音樂，而他恰巧會拉小提琴；你喜歡讀小說，而他恰巧是一個善於講述故事的人；你愛吃甜的食品，而他恰巧是一個糖的嗜好者；你愛穿綠色的衣服，而他恰巧憎恨紅色；你對於圓臉兒的人，認為沒有一個能夠引起你的美感，而他的臉兒恰巧是長形的。

總而言之，從任何方面來觀察，他確是你所認為最中意的一個對象，不過這不是你命運好。

種瓜才可以得瓜，種豆才可以得豆，命運必須靠自己創造。為著你同他雙方的前途幸福起見，你似乎不必多所顧慮，儘可以把他的命運決定下來，無論什麼東西，有陽面，也就有陰面，無論什麼事情，有利也就有弊。

世界上的人，斷不會有形貌與思完全相同的人物，任憑你怎樣去選擇，即使選了十年，也不能選出一個跟你一模一樣的男子。況且男女之間，根本上便有許多顯著的不同之點。一對好夫妻，他們絕不向命運低頭，只是用盡心機，以求順應彼此個性。

44・繼續你們的戀愛遊戲

現代的人，對於婚姻觀念總存在著一種非常錯誤的觀念，以為維護婚後愛情的，不憑心理而專賴法律，就因為他們依恃著法律保障，於是彼此都把婚前的戀愛方式拋棄了。

在婚前戀愛時期，男女雙方都熱烈的互相追求，他們唯一的要求是吸引對方注意，把一切都投入彼此吸引的目標之中；男的在追逐，女的在假意逃避，終於還是讓他捉住了。

這個過程，正是一種使雙方都感到興奮和愉快的遊戲，到了遊戲完畢，雙方都獲得勝利，於是就把勝利縛在一種法律的約束之上——這便是傳統的婚姻契約。

錯誤的是，他們便以為一切已成過去，而在無形中停止了這種戀感遊戲，於是，在經過一段日子的「蜜月」之後，他們就開始感到乏味了。

當一對男女在結婚以後感到生活不能獲得幸福的時候，往往祇有兩種態度；消極的是，讓日子拖下去而忍受痛苦；積極的是走上離婚之途。

前者固然不對，後者也不是根本辦法，離婚雖是一了百了，比忍受痛苦要爽快得夕，但一個人，無論是男是女，離了婚並不意味著永遠與婚姻脫離，也許他仍舊要結婚，而再次結婚以後，是否就能如理想的那麼幸福呢？

這實在是個問題，所以離婚決不是保證可以追尋幸福婚姻的一種有價值的手段，頂多不過是婚姻的輔助而已。

我們何不再闢第三條路，在夫婦生活上繼續製造愛情呢？

45・魚與熊掌不可兼得

現在我們可以說是生活在有史以來，最重物質的社會中了；從所穿所用所住的，來表示一個人的社會地位，似乎已成一條不成文的度量標準。

許多人竭盡所能，甚至告貸張羅，也要購買一些貴重的首飾，或是剛上市的新式東西，目的無非是藉此炫耀自己。尤其是有些太太小姐們，更喜歡以所用物件，來顯示自己丈夫或家庭的得意富有。

如此，男人們就在超速率的奔跑中，拼命追求成功，好讓自己出人頭地；女人則拼命的購買許許多多華麗昂貴的東西，好讓自己打扮得美麗出眾，叫人刮目相看。

如果這樣做，真能使丈夫「得意且長壽」，倒也無可厚非，不幸，事實往往背道而馳；丈夫們為了滿足太太的種種時髦需求，只有日以繼夜的鑽營奔競，終至在

生命的壯年，便不支倒地。

美國一位精神病專家，曾就一般人的用錢態度問題，加以廣泛的研究，結果發現，用錢不當不但造成自己痛苦，且是使別人痛苦最大原因。

他指出：許多人在用錢時，通常總不是以有易無，把錢當作交換的媒介，而是在製造麻煩，他們不但把自己和朋友或家庭的關係，弄得不可收拾，而且也使子孫倒楣透了。

每一個家庭中決定怎樣用錢的大權，十有八九大多是操在太太手裡，一個太太如果時時非必須的索求終日抱怨日用不夠，這無異逼迫丈夫超載提早「上天堂」。

例如，如果兩房一廳已夠住的話，你最好不要再奢求三房兩廳或更多的……這樣你們才得有餘錢，以供其他用途，而不會老感覺到錢不夠支配。

這到這裡，也許有許多太太們要不以為然，說是我們現在的日用已經夠刻苦了，那裡還會有餘錢。話是不錯，但是一幢小房子，照樣也可以佈置得舒適宜人；一塊便宜的料子，同樣也可以製成一件美觀合適的衣裳。只要妳能安貧樂道，自可以使你們的家庭，充滿快樂。

切不要為了提高生活享受，而弄得家庭中老是見不到妳丈夫。

生活是重要的，把生活過得有意義也是重要的，愛情、歡笑和愉快，也是重要的。妳到底要丈夫，還是要時髦，這完全在於妳自己的抉擇，魚與熊掌，本就不可兼得。

46．瞭解女人之所道

男人們都說他們一向就不瞭解女人，尤其一吵起架來，男的就會聯想到為什麼自己這樣胡亂中竟和女的混在一起的後悔事情來。就說是一對夫婦吧，先生和太太瞎鬧的時候，就沉不住氣，認為簡直沒法和她過活下去了，而且和自己的男知己傾談之下，也認為女人就是宇宙之謎的一種，實在莫測她之所以然。

實則女人的情感富於理智，也就因此表現出種種外露的形相來，而她們內在的基本因素依然未變，換言之：不管她們的表現和內存的基本原則會有多大的出入，可是萬變不離其宗，只要你肯多花心機去作仔細的分辨的話，你是看得出女人也有她們可解的地方的。她們不是謎——儘管她表現出多大的反常程度，女人是可以被瞭解的。

我認識一個女人，是四十來歲的過來人，她說：「說女人不可解，是廢話；實則我們是簡單的，而且女人之間彼此都能瞭解。不過，女人曉得怎樣去運用神秘的手段把男人弄得莫明其妙，使他們的興緻昂然，因為這個緣故，我們看準時機，耍弄一下。」是這現身說法的真情吐露。

我們要明白女人一經愛上你了，她把那種謎樣的作態解脫淨盡，而且還希望你相信她呢！因此，雖時下女人是激動的，不可捉摸的，而又不牢固似的作法，而她自行控制情感，行為乃至思想，都有基本的原則可按（尋）。我們難怪她要耍弄手段以自保或作自私的用途，自亦不能夠光從愛的追求和性的要求去瞭解一個女人的本來面目的了。

第一、女人確然是個人主義者，但不能說她自私；相反，她比男子抱有更大的自我犧牲精神，故能實行利他主義，而度其集體的生活，她博取了友情，別人對她的忠誠，或愛情。不過問題來了，為什麼做妻的，往往為了本身的打扮，使許多丈夫難以擔負呢？或不允負擔這筆開支而挨罵呢？她不太自私嗎？但是你要知道：她就怕在時裝打扮方面落伍了。她爭妍鬥麗，也有她的苦衷，除非她是個有名望及地位的，尤其是她個人有造詣或成就，否則她只好把個人的表現縮小到這個小圈子內，希望不太落伍，我們對這種動機，該有深刻的看法才對。女子的嫉妒必最重，既然別的比不上人，連這一點修飾和打扮，也不如人，又是多難堪的啊！她要表現

作為一個女人的優越點，起碼也得打扮起來吧。

第二、女人喜歡受到別人的景仰。她常怨丈夫不帶她到外面去，原來她要別人看看她。試想，連這一點的虛榮都要取得，她要受到別人更多的景仰，自在意料之中。我們替她們的日常生活著想：為了生活的調劑和其它的愛好，自然喜歡丈夫替她多多安排受景仰的場面了。何況她到別的地方去，可以多見其他婦人的生活，服飾和打扮，既有比較的自慰，又有模仿自求改進的益處。我們為什麼不替妻子作合理的幫忙？

第三、女人具有佔有慾。她們除對至親或至愛的人以外，對自己擁有的東西是不輕易割愛的，尤其不肯放棄兒女。因此，她們對骨肉之情能夠表現本身能力範圍以外的犧牲精神。她們對男子有專一愛情，如果丈夫是心上人，自然要拿出全副精神而加以佔有。

第四、女人必須被人愛。她要求她心愛的人專心愛她，比世界上任何的東西還可愛，這才是她被愛的理想表現。凡是可以表現這種愛的事物，如派對，家、家俱，貓、犬、金魚、丈夫、子女乃至任何事項足以表示一種她示愛的安排和表示，她都感有莫大的興趣，為她樂得接受的一部份。

47・結婚：人生最重要的一步

結婚是人類最古老，也最的原始舉動，即使在最偏僻的未開化地方，那裡的男女，仍然必須透過結婚的儀式，始能營其共同生活，可是，今天卻有一部份人，本來可以結婚，但並不走上婚姻之路；有很多人寧可從事職業也不願結婚；也有很多男女曾經結婚，結果竟離婚而分居，還有很多在離婚以後重又結婚。

為什麼有些人不願意結婚？又為什麼有些人結婚以後又離婚呢？

這實在是值得我們正視的。對於這個問題，婚姻專家們曾就若干個答案，分析整理出以下的結論。

專家們發現，有許多男人之所以不願意結婚，是因為他們以為結婚是個人自由的喪失，他們不願他們的獨立、自由，因為結婚而受到束縛；同樣的，有許多女人單獨過慣了職業生活，也不願意犧牲她們的獨立自由去結婚，直到希望結婚的那一

天，歲月已在她們臉上留下殘酷的痕跡，當年的理想對象早已為人夫為人父了，終至眼高手低，只有一直蹉跎了。

還有很多的男女，是因為對於配偶的理想太高，而事實又不能尋到這種對象，所以不願意結婚。另有些男女，則是因為不能獲得機會而不結婚。

此外，又有很多男女不結婚，是因為他們在初戀就碰壁，或從愛情方面失望，得到不愉快的結果。這種結果往往產生心理上的反響，一個男女在初次交友受到挫折以後，可能使他對於其他男女的印象或關係不能處理得很好。

有時，青年男女不願意結婚，是因為他們家庭方面的責任，也許他的父親早逝，母親是一個寡婦，而又有一群弟妹，使他覺得沒有力量可以獲取一個配偶。

但不論理由怎樣，其最大的原因，還是他們缺少健全的態度，使他們不能迎合結婚的理想。他們對於婚姻應負的責任，懷有恐懼，且不願妥協；但結婚正如合夥事業一樣，是必須各自協調，犧牲小我，謀取共同利益的，而他們卻不能負起與婚姻而俱來的責任。

也有許多人生來就有妒忌心，他們心理上的缺點往往使他們的未來配偶逃避。更有很多人，尤其是女人，俱有一種不健全的心理，深恐揭開身體方面的秘密而畏懼結婚。

這些人雖然都具其不結婚的理由，但在通常情形之下，已婚者往往要比未婚者壽長，尤其是結過婚而又獨居鰥夫，其壽命更較前者短得多。

根據各國人壽統計的綜合報告顯示，在三十至四十五歲之間的男女，單身漢的死亡率為無婚者的一倍，女人方面，在三十至六十五歲之間的已婚者死亡率也較未婚者少十分之一。

此外，已婚者犯罪、發瘋及自殺的人，也比未婚者減少許多。婚後的男子，往往比未婚的較有責任心，成為較有恒心而可靠的人。

同時，一個結了婚的人，其在社會的地位，也比較使人有一個良好的印象。一個男子如果老不結婚，將使人有一種不自然的感覺。心理學家就曾說過，一個女子如果始終不結婚，最容易發生變態心理。

已婚的人不像單身時那樣的無聊和寂寞，他們可以兩個人共同享受安樂，共渡難關，共同產生希望和志願。對於男人而言，結婚以後至少可以較為舒服，他可以在家裡享受他愛吃的菜餚，他的衣服也可有人代為整理。

結婚是一種分工合作精神的表現，如果一個男人要自己燒飯、縫紉；女人要跟

男人一樣的競爭才能生存，你說，這該有多麻煩？

以上這些都是明顯的應該結婚的理由，此外還有許多無形的好處，例如，男人們大多希望能做個主腦人物，而結婚正可以滿足他們這個願望。

每個人都有一種感覺安全的希望，例如生病時有人看護，憂慮時有人安慰，疲倦時有人服侍，結婚正可以滿足人類這種希望，而獲得無窮的樂趣。

因此，結婚可以說是人生最重要的一步，每個人都應該努力學習如何與人相處，選擇適當的終身伴侶，以為共同生活，切不要以為結婚是一種「負擔」而畏懼不前。

世界上任何事情都是相對的，有權利必有義務，怎能只享權利而不盡義務呢？當你勇敢的擔負起結婚這個責任以後，你將發現人生是多麼的美妙呀！

也許你要說，不是我不想結婚，而是沒有獲得結識異性的機會，對於你這個問題，婚姻專家提出他們的答案，他們是表示，任何人都有百分之百的婚姻機會，有些人之所以沒有結婚，完全是他們寧願過單身生活的關係。

下面有幾個要點，正是擇偶的朋友所應該特別注意的。

一、男方的年齡，最好是男人比女人大幾歲，但以不超過十歲為宜。

二、雙方的教育程度要相等，男女差距太大，每為不睦的主因，尤其是女高於男，其美滿的可能性更是微乎其微。

三、性情與嗜好最好相近。

四、經濟能力最好相差無幾，雙方家境如果過於懸殊，往往會影響婚後的個人自尊心。

五、如果你是男人的話，應該有一份足供家人溫飽的正當職業；如果你是女人的話，你所選擇的對象，更應注意這問題，愛情雖可貴，仍須建基於「物質」之上，否則，其危險就如沙漠中的大廈，傾側危在旦夕。

48．妳與他

無可置疑的，男女雙方往往都會依著自己的性別標準去判斷異性，可是，事實上，男女之任何一方在成長過程中，都自然會獲得許多性質各異的特點。因此，互相瞭解，乃是戀愛與婚姻男女所必修之一課，尤其是妻子們，她們更應該設法多瞭解一下，那個已是「終生依靠」的唯一男人了。

一般而言，女子們都希望她的自我在婚姻中開花，男子卻害怕他的意志因而消沉，他們常會在有意無意間，視婚姻為自由的死亡。但是只要他們接受這個責任以後。其恐懼大多能夠自然消失，然而，男子們要懂得這個，都必須要等到他們成熟以後。

普通一般未婚的男子，其所以想到結婚就害怕或厭惡，就是因為他們曾目睹許多男子因結婚而失去獨立。因此，迫使男子結婚的唯一動力，是他對於勢必獲得的某一個女子的愛情。所以，你可以信任自己的丈夫，他之所以娶了妳，正因為他愛你。

那麼女子方面的情形又是怎樣呢？就大多數的女子而論，除了愛情以外，要使一個少女應許結婚，還有許多條件，因為在婚姻方面，她的冒險比男子來得大，所獲也比男子，婚姻是她生活裡面最重要的冒險事業。結婚這個根深蒂固的觀念，常使得她們不斷對於許多可能入選為丈夫的男子加以考慮，甚至直到最後關頭，她們尚猶豫不決的無法決定取捨。

對男子而言，他們實在找不出幾個理由，可以把結婚當做一樁好交易，結婚對於男子的社會地位並沒有什麼增益，婚姻不僅沒有滿足他們，而且增加了他們對金錢的需要，女子則不然，她們因而在心理上獲得了一個「安全感」。

在感情方面，男子常有壓抑趨勢，女子卻有表現的趨勢，這就是許多做丈夫的男子，對於這句「我愛你」這句有魔力的話，那麼吝於出口的原因，其實愈是富於男性氣概的丈夫，似乎愈不能用語言表示出他內心那種深摯的情感。

「哦，是，親愛的」或「我喜歡你的帽子」，原是女人的口頭語，可是男子在公共場所就怯於表現自己的感情，因為男子的一生所受的訓練，都是要他控制感

情，這早在他知道女孩子是愛哭的，男孩子是不會哭的時候就開始了。

男子對於工作與婚姻都同等的重視，「工作，工作，工作！你愛你的工作勝過愛我。」一般年輕的妻子，常會對她丈夫提出這樣的抱怨話，因為他把晚上的時間也花在工作之上。

由此，我們就可以看出，女子天性著重人性，這和男子野心是有衝突的。一般言之，有教養而負責的男子，確對工作與婚姻同等重視，而一般做妻子的，雖然期望供養的責任由男子負擔，可是在感情上，她很難相信工作對於男子具有何等重要的意義。

男子們都知道謀生是他們一生中無可逃避的責任而女人卻可以由幸福的婚姻中獲得其社會地位與安全，但是男子卻大半要賴他自己的工作才可以獲得。

在性關係方面，男子也是不同的，要一個男子真的不再注意其他美麗的女人，那實在不容易，因為男子比較容易衝動、而且不必負懷孕及生產的痛苦。

49．婚後的期待

我時常聽到一些有婚姻煩惱的年輕夫婦們說：「在我們還沒有完全相互徹底瞭解以前，孩子便已經降臨了。」但是如你對年輕的妻子們說早有孩子不如晚有更受重視，情感上也較冒險的話，她們又不會贊同。我們應該提出實證明，至少在婚後十年再生孩子，對於他們及小孩子都要好得多。

大多數年輕的夫婦們都相信他們所經常想像的；每個人都認為在年輕的時候最健康，自然也是生兒育女的唯一最好的時候。我覺得這只是一種虛構的說法，一度對人們的生活產生過很大的影響，但是現在對一個家庭已經不再是那麼重要。

首先，早做父母直接予一對年輕夫妻的愛情生活發生衝突，一對夫妻在結婚以後可能認為雙方已經非常瞭解。他們在一起吃飯，談笑、辯論和過愛情的生活。為什麼這個時候不藉添孩子而使他們的生活更趨充實和擴大呢？

可是實際上說來，大多數這個時期的夫婦，依然對婚後的愛的複雜性知道得很少。因為不論這種新的愛情在他們感覺是如何強烈和滿足，但在他們的關係完全成熟和堅強得足以承受孩子的壓力以前，還需要相互經歷千百種不同方式的愛，他們不但要經歷笑聲與歡樂，還要經歷激怒，憂愁和矛盾。總之，他們需要時間來相互認識，不只是兩個被愛情牽連在一起的人而已，而且還要適應如何存在於另外一個人的完全不同的世界之中。

小孩子都被認為是能夠帶給一對年輕夫婦以驕傲和滿足的快樂的，當然是會這樣，但是往往他們也會帶來一種尖銳的失去感——相互間關切和溫暖的被剝奪，年輕的夫妻們需要非常密切的在一起依戀者；小孩子每每會把他們推開。一對他們之間的連接已臻安全程度的夫婦比較更能夠忍受相互之間的分隔——這個空間便是容納小孩子的。

為什麼很多年輕的夫婦，在他們的愛情還沒有成熟以前，便有了小孩子呢？部分是因為他們希望要小孩子，但是大部份都是因為他們想要做人的父母。親戚、鄰居和朋友都在施以「快加入我們俱樂部」的微妙壓力，要他們早些像別人一樣的接受大人的責任。很多夫妻為了贏得別人的讚許，便在他們情感上的準備完成以前先做了父母。

有時經濟上也沒有完成準備。這也同樣的有害；沒有錢為一般家庭主婦苦經的基本原因。一個女人在她非常年輕的時候有孩子，恰好是家庭收入最少，而添製家具或其他財產的需要最迫切的時候。如果這個時候她自己的賺錢機會，又因必需留在家裡照顧孩子而失去的話，他們的處境將變得難以挽救。她必需自己做每樣事，她必需做全日夜的護士、佣人、廚子、管家、買辦和樣樣精通的女人。她甚至連兼差都不能擔任，因為在這段時期，她可能都賺不到足以開銷一個看顧小孩的錢或添製幾件衣服。

就是在一個女人最富於熱情和活力的時候，就是在她最切望嚐試和與丈夫分擔她四周的經濟的時候——音樂演奏會，戲劇、旅行、郊遊、讀書、暢談、交際等——她失去了自己。牢牢的絆在日常家務的糾纏中，她與這些絕了緣，銳氣頓消，只能做一個尋常的母親。

另一方面，一直等到三十歲再生小孩子的女人卻有種種的優勢，如更高的收入，十年的積蓄和齊全的家具設備，較安適的生活，往往還會有富裕的錢來僱一個幫傭，使她每個月有多餘的時間在家庭外做種種精神上的活動。在這種情形之下，

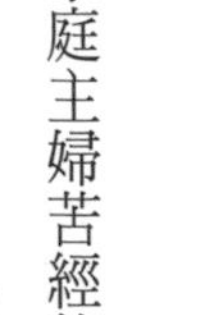

她可以繼續的充實和更新自己——做一個不被做母親的要求所包圍而困擾的母親，一個有時間和能力貢獻丈夫的妻子。

與離婚的關係呢？統計指出，早期的愛情是不可靠的；多數的仳離都是發生在婚後的十年以內。如果在一對夫妻更懂得相愛以前有孩子，或看清他們的愛是可以百年合好以前便有孩子，對於孩子和他們自己都是一種不幸。

假如一個年輕的妻子決心在她二十到三十歲之間過沒有孩子的生活，她的生活該是一種什麼樣子？首先，她會有好多的機會去發現正確的愛，把它培養成熟。如果她和她的丈夫在相互選擇時沒有完滿的做到，他們也會有充份的時間去發掘他們的問題，或者終止他們的關係，而不會有使孩子喪失父母的罪過。這時，這個年輕的妻子也有機會奮發而鄭重的去獻身於她所希望的事業。她可以發現自己的潛能，珍愛她自己的成就。慎重選擇她所愛的對象，開闢她新的生活。

無論如何，一個二十歲便有孩子的女人的人生計劃是拙劣的。在她四十歲以前，她的孩子們便已經進大學了。她把她的一切都獻給了孩子，很早很早的便失去了她存在的理由；四十多歲便已經卸下了母親的責任，沒有什麼可做的事。她發現自己有錢也有時間，但卻沒有目的，沒有地方發揮自己的價值，就在這個時候，停經的預兆立刻明顯的象徵了她燦爛年華的終止。

相反的，一個晚有孩子的女人，在她四十多歲的時候，正忙著教養孩子；日常生活中一切在在都證實著她是一個不可缺少的母親，一直到她的停經，都不會使她有愴涼感覺。

而且，年輕的母親在她完成高中或大學教育的一兩年以後，便離開工作，到了三四十歲的時候再去找工作，通常都有些格格不入。她的技能從未高度的發展，到了這個時候，不但生疏且已過時，很少能夠找到她所希望的工作。

然而，目前一個女人的成人生活，已經延長到了五十歲。最積極的做母親的時期僅佔去了三分之一；還有三分之二可以做別的事情。在現社會中，最好的途徑便是去做事。

今天沒有人三十、四十甚至五十歲便老態龍鍾了呢？在這些年齡中，我們照樣的游泳、溜冰、登山和打球等，沒有那個人認為自己已老的。因此晚有孩子可以說是百利而無一害的。

50・別使愛情變桎梏

愛情是虛無漂渺的，但是卻感人至深的。古往今來，不少的人在歌頌愛情；但是也不少的人在怨恨愛情。而且在文學中，描寫愛情悲劇的遠比描寫愛情喜劇的為多。社會上的愛情慘案，在其他慘案中，所佔的比例，也是相當大的。

婚前的男女，在談愛時期，固然會覺得甜蜜，可是婚後的夫妻，能夠感情十分融洽的，卻是不多的。小之，時常鬧別扭。大之，由冷戰變為熱戰，弄得感情破裂。這是什麼原因呢？

其中的原因是很複雜和微妙的，在多數情形之下，一雙男女如果在愛情上沒有什麼芥蒂，即或爭吵，也只是暫時性的，並且不會有過於嚴重的後果發生。這對於婚前尚在戀時有時期的男女，固然如此，也對於婚後的夫婦，同樣適用。當然這裡所指的愛情上沒有芥蒂，除開當事人之外，還包括第三者的關係。如果一男一女相愛，沒有第三者插手，即或彼此有什麼困難，也終於可以克服，即或一時不能克服，也可以忍耐一個時期。例如，一對男女，經濟情況都不理想，甚至很貧窮，但只要情況簡單，沒有第三者拖累，那麼他們之間的相愛，仍然是可以順利發展的，只不過結合的時間，可能拖延一個時期而已。如果他們除開有經濟上的困難以外，還有與其他的人微妙的關係，甚至於糾紛，則愛情的發展，不但會一波三折，而且會發生的令人難以想像的惡果。

夫婦之間的情況，也是如此，如果平時的爭吵，只是意氣用事，並無其他，那麼偶而的爭吵，不是壞事，反而有助於彼此的瞭解。但是假若夫妻之間的愛情，有第三者插手，彼此誤會很深，那麼即或平時不爭吵，相處在一起，也是貌合神離，一旦遇到點火時，可能大吵特吵，使情感走向破裂。

使愛情發生變化的一個普通的原因，也是一個重要的原因，就是當事人對於愛情有錯誤的觀念。例如一個已婚的男子，看見一個比自己的太太還要美麗的女子時候，便想入非非，或者感到自己的太太，年紀已逐漸老了，沒有過去年輕時那樣具有吸引力，便產生外求的心理，要在外拈花惹草。使原本幸福的家庭，變得風風雨雨，愁雲慘霧，籠罩一切。

事實上，這個已婚的男子，自己的年事也已不小了，只是自己貪色，在外濫用愛情，把原本融洽的夫妻感情破裂了，使原本圓滿的家庭，變成四分五裂。對妻子兒女，固然是一種莫大的損害，對於自己也並無好處，同時由於自己一念之差，使愛情變成是對自己的一種桎梏，內外的矛盾，無法打破，自己陷於良心自疚的地步，後悔往往莫及了。

世界上其所以有這樣多的人，陷於愛情的煩惱之中，其中多半是咎由自取的。對於未婚的人來說，他們到了相當年齡，渴望與異性交往，那是正常的，可是他們對於愛情應該有正確的認識，否則一旦墮入於愛河，遇到愛情上的糾紛時，就不能自拔。怎樣正確地認識愛情呢？

首先，要把男女之間的愛情劃分清楚，即友誼是友誼，愛情是愛情，當你與異性相識的時候，不要存在要和對方談愛的心理。愛情是友誼逐步發展而來，欲速則不達，同時愛情必須是相互的，一方勉強一方，到頭來不會有快樂，也不會有結果，只是會痛苦而已。

在另一方面，不要把愛情看得是比生命還寶貴的東西，我們固然要尊重愛情，但是卻不可做愛情的奴隸。有些人，特別是青年人，往往為了愛情而廢寢忘食，拋下正當的工作不做，一片痴心，固然令人憐惜，犧牲事業與學業，甚至於生命，的確不值。

戀愛是為了結婚，而戀愛發展的必然結果是男女的結合，這種結合是受社會習慣和法律上的約束的，如果違反社會和法律規定，就會帶來很多煩惱。因此不打算結婚的人，最好不要談戀愛，打算結婚的人，談戀愛必須理智一些，慎重一些。

對於婚後的夫婦來說，他們要做的有關愛的工作，只是如何培養雙方的感情，創造家庭的樂趣，絕不能再涉及第三者的愛情關係，否則是害人害己，自尋煩惱。

其所以有些做丈夫或者妻子的還會有愛情的煩惱，除開夫婦之間不能諒解之外，最大的原因之一，就是一方或者雙方移情別戀。愛情所以會變成是桎梏，那完全是由於濫用的結果。

51・今日

在世界歷史中，再沒有別的日子，是比「今日」更為偉大。過去各時代的一切，像一個雪球，愈捲愈大，愈堆愈多，以構成「今日」之偉大。

「今日」是各時代的文化的總和，「今日」是一個寶庫中，藏著過去各時代的精華，個個發明家、發現家、思想家、與個個工作者，都曾將他們努力的成績，貢獻給「今日」。

今日是世界上有史以來最偉大的一個日子；因為它是集一切的過去的日子的總和而構成，而在它中間，是包藏著過去各時代的成功，進步的全部，以今日的青年為出發點，而與世一紀以前的青年相較，正不知要相差多少倍啊！

今日的文化、電、聲、光，種種科學的發明與應用，已把人類從過去的簡陋的物質環境中拯救出來；今日的文明，已把人類從過去的不安與束縛的環境中解救出來。今日的一個平常人的享用之安舒，華美，簡直可以超過一世紀以前的帝王。

有些人往往有「生不逢辰」的感嘆。以為去的時代都是黃金時代，只有現在的時代是不好的。這真是大錯誤；凡是構成「現在」的世界的一分子的，必須真真的生活於「現在」的世界中。我們必須要去接觸，參加現在的生活之洪流，必須要蹤身入於現在的文化的巨浪。

我們不當生活於「昨日」或「明日」的世界中，而當生活於「今日」的世界中，我們必須知道今世之為何世，今日為何日，而去接觸，反應現實的生活，與文化的潮流。世人的許多精力，都是耗費在追懷過去，與幻想未來中的。

一個人能夠生活於「現實」中，而去充分利用「現實」，不去枉費心力精力於過去錯誤失敗之追悔；及可能的未來的幻夢中，他要比那些只會瞻前顧後的人，有用得多多，生活更能成功，完美得多多。

所以時候在正月，你千萬不要因憑你的幻想於二月中，而喪失了正月中可能得到的佳趣。不要因為你對於下一月，下一年，有所計劃，憧憬，而遂虛度，糟蹋了這一月，這一年！不要因為目光注視在天上星光之故，而至看不見了在你週遭的美景偉觀，踏毀了在你腳下的玫瑰花朵！

諸君先去享有你現在所有的安樂、幸福，不要僅幻夢著明年不可得的汽車、洋房的享受。諸君先去享受你今年所穿的衣服，不要儘去妄想著明年的不可得的錦繡狐裘。

你當下一決心，去努力改善，支配你現在所居的茅屋。而使之成為世界上最快樂，最甜蜜的一個處所。在你幻夢所的亭臺樓閣，高大洋房，沒有實現之前，還是請你遷就些，把你的心神，仍灌注在你現有的茅屋中，這並不是叫你絕對不可以為明天打算，對未來憧憬。我祇是說，我們不該過度的集中我們的目光心力於「明天」，不當過度的沉迷我們於「將來」的好夢中；而反至將當前的「今日」喪失，喪失盡心它的一切歡愉，幸福，與機會！

請你灌注你的全生命於當前的「現實」中吧！假使從「今日」中，你只能取得百分之一的幸福，則你可以不必打算著，去從「明日」中，取得百分之九十的幸福，你還是儘先努力，試從「今日」中，取得百分之百的幸福吧！

我們不應該常常生活於預期的幻想的世界中，幻想過度，將使生活趨於枯躁，乏味，預期幻想，將使我們對於現在的地位與工作感到乏味，而生厭惡。它能破壞人們享樂「現在」的能力。

幸福之一物，是日日堆積而成的。正像聖經中所說的，以色列民族，在出埃及途程中，天上降臨下的天餅，只可在當日喫盡，藏了一夜，到了「明日」，就要變壞而不能下口，幸福一物，也只有在當日所能享有的。有些人只能看出「明日」的價值。當日的行善事的機會，他們無暇顧到。他們忽略當日的業務。他們不肯行些小的慈善事業，因為他們正在夢想著，一朝騰達之後，再捐出一宗大款項呢！

人們每有一種心理，想脫離其現有的不快的地位與職務；而在渺茫的未來中，尋得快樂的幸福。其實這是錯誤的見解，試問有誰人可以擔保，一脫離了現有的地位，就可得到幸福呢？有誰人可以擔保，今日不笑的人，明日一定會笑呢？假使我們有享樂的本能，而不去使用，安知這種本能，不能日後失卻作用。

假使我們能夠澈悟到，只有「現在」是存在，澈悟到世間實際上有無所謂「昨天」與「明天，」而只有「今日」是可靠的；悟澈到我們不當將我們的生命，投射入於「未來」的境界，或退歸「過去」的地域中，澈悟到我們所有的，只有一個整個永恒的「現在」，而所謂年，月，日，小時，分，秒者，不過是這整個的永恒的「現在」之生硬的，勉強的劃分；——假使我們能夠大澈大悟到這點，我們的生命與效率，真不知要增進多少啊！

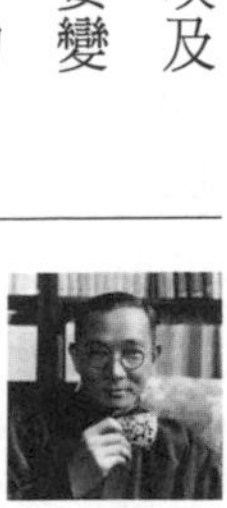

52・何妨設法效蛙跳

金錢雖然不是萬能，可是有錢總不是壞事，尤其在目前這個以金錢為生活本位的社會裡，似乎只有金錢才能代表你所作出的成績。

街上的人，甚至你的朋友同事，當然不會知道你賺了多少錢，但是你真有了錢，你身上就好像打了標記，錢就是名譽的標記。

每月收入兩千元的人，跟每月收入萬元的人，拿回家裡去的錢可能沒有多大差別，但其他方面就大不相同了。至少，收入過萬元的人，讓人一見就知道他有權有勢，無論走到什麼地方，他的話也有份量。

要想多賺錢的方法雖然很多，但就一般的薪水階級而言，除拼命兼差之外，就攘設法往高處爬了。

兼差固不失為開源良方，但人畢竟不是機器，精力到底有限，因此設法步步高陞，無疑是開源的上上策。

說到這裡讀者們也許要提出問題來了。

「怎樣才能步步高陞呢？」

對於這個問題，約有兩種基礎方法可以應用，一是設法在原機構謀陞遷，一是離開原機構，加入另一機構。

但無論你採取何種策略，你務必永遠謹記，第一次陞遷總是最困難的；因月薪兩千元升到五千元，永遠比以後從一萬元升到兩萬元更為艱難。

這是因為月薪兩千元的水準上時，你只是一個「外圍人員」，因此，就是老闆天然的「吸血仇敵」，但是，當你月薪在一萬元的水準上時，你就是「我們當中的一個了。」你越能早日創出「我們當中的一個」，你就越能早日高陞。

下面就前途兩種基礎方法，分別敘述介紹：

如果你想在本機構升遷，那麼，你不妨在有意無意中，略為透露一下你已不安於職，假裝另外在找職業。當然，這只是個姿態而已，你千萬不要當眾說明你正在另外找職業，你要神秘起來。但是，在你吃中飯的時候，你應該挾起皮包出去擺擺，並設法使人看見你外出，偶而的，在辦公時間離開一下也大有裨益。

當談起錢的時候，千萬別提那些小數目，也不要說「四、五千不是多了嗎？」最好以萬元為單位。你不妨說：「噢，錢，坦白的說，我對錢還沒有怎樣想到，你怎麼說就怎麼辦吧！好在我手頭尚富裕，一兩萬塊我還付得出。」

大方一點，錢還是在你口袋裡的，寒酸裝窮除了令人「害怕」之外，絲毫不能獲得對方的同情。須知，老闆之所以用你，並不是為瞭解決你的生活困難，幫你養家活口，而是要你幫他賺錢，你所要表現的，只是你的才華，不依賴他也能生存的本事。

如果你對原機構已無意再呆下去，或者那個環境已無太大升遷機會時，那麼，你不妨設法改變一下環境。

有許多人辛苦的工作，在一個單位裡一年一年的守下去，一步一步的向上爬，終於獲得成功。但是如果你夠聰明的話，不妨設法效蛙跳。

事實上，真正做蛙跳的人，往往要比那些株守在一個職業上的人，進步快速得多。他不斷闖入新環境，結交新朋友，跳了一步就再向前進。

說實在的，那些跳來跳去的人，永遠不會被解僱的，就因為他的跳來跳去，才使老闆發現了他的才華。如果不是他的不安於現職，也許他將大才小用的被埋沒一輩子呢？

真正跳來跳去的人，他是一個自信、高明的出賣自己的人，各行各業大亨的名字不離口，而且用的全是最親暱的稱呼。

當然，人也難免會栽倒的，其關鍵就在你玩的手法高明不高明，以上不過略舉一二，目的只是希望你能藉此收反三之效。

53．抱定宗旨

一個青年，如果已經審查過自己，你知道對於某一種事業，有努力，才能，體力，擔負的本能，同時也適合自己的興趣。那麼，你可以不必猶豫了，也不必再去找尋更好的事情；你應該立即抱定宗旨，下決心，把全力去做那件事業！

除了你發覺這種事業的確是走錯了路徑，並且有把握可以找到另一種工作時，那麼，你就不應該三心兩意，也不要因為偶然的挫折，或對某一種工作，感得一些厭倦，而動搖自己所打定的主意。倘若只是徬徨動搖，畏縮，疑慮，……那麼，你的成功，將完全絕望。

戰勝一切困難和障礙，只有一條路，就是堅決和奮鬥到底，堅決是成功之母，有堅決意志的人，誰都會對他信任。有決心的人，別人才願意幫助他。做事沒有堅決的意志，無精打彩，一會兒有這個主意，一會兒又換了一種主意，這樣的人，將永遠得不到別人的助力，也得不到別人的好感，因為這樣的人，誰都知道他是不可能成功的。

社會上的失敗者，大多數不是由於他們沒有能力，沒有誠意，沒有希望，而在於沒有堅決的意志。這樣的人，做事有頭有尾，永遠疑懷自己是否有成功的可能，決定不下究竟幹那一件事可以得著勝利。他們有時候對於目前的地位覺得滿意，但是一聽別人的慫恿，卻又感得過於卑下。這種人無論幹那一種事，總是失敗，連他們自己也沒有把握是否能夠成功。

假如你不抱定宗旨，你永遠沒有成功的一天。一個有決心，而不會搖動的人，無形中給人家一種保證，表示他所幹的事，能夠負責，可以得著成功。

譬如一個建築家，他打好了圖樣，自然依據圖樣按步就班地建築起來，那麼，一所偉大的建築物，在他的努力下，可以有成就的一天，但是他若一邊建造，一邊覺得那裡不妥，那裡應得改動，這樣建築一下，改動一下，試問那一天才可以造成？即使造成了，那麼建築物試問是否可以使人滿意？

這就是說，我們無論什麼事，事前先應該有計劃，等到主意打定，就萬不能猶豫，應該根原定計劃一步步做去。不達目的決不動搖或更改。

是的，任何事情進行中，困難和挫折，是避免不掉的。但是一個成功者，他決不受著一點阻礙，就改變自己的決心，一切挫折，困難，全不放在眼裡，他們只抱定主旨，向前進行。

成功只有兩個條件：一個是堅決，一個是忍耐。

有堅決的意志，雖然他是一個平凡無能的人，也可以獲得成功的；否則，你雖然具備卓絕的天才，也將遭遇失敗。

有一全球聞名的大保險公司總經理，他說：「我所遇的困難，沒有比找尋幾位可靠的經理更困難的事情。你一定要想保險事業是很容易的，也不必要怎樣了不起才幹，然而我卻找不到合式的人。」

這究竟是什麼緣故呢？難道一個保險公司的經理，是不容易擔任嗎？

原來他的考試，目的是在選取一種遇事肯勇往直前，永遠不屈不撓的人，他在舉行口試的時候，他用各種的話，使受試的人精神頹喪，他說出保險事業的危機，他幹這種是有怎樣怎樣的困難，於是受試的人都給他說得非常頹喪，意志動搖，只有絕對少數的人，對於總經理的話，沒有表示動搖，這樣的人才被他選用。

堅決，勇敢，忍耐，這是一切事業，成功的應有條件。失去了這種條件，任何學識淵博，經驗豐富，手段高明，能力充實，但是，結果呢？依然是失敗的。

幫助堅決意志的始終不變，那麼，唯有用勇氣來維持。沒有勇氣，決心，難忘可以持久。

而許多青年的失敗，還有一種缺點，就是缺乏忍耐力，缺乏恆久的心。

忍耐是成功的基礎，也是千真萬確的。一切事情在進行的時候，不達目的，決不停止。他的心好像是鐵石鑄成的，沒有什麼困難，可以使他動搖。他的全身，是由「勇敢」「堅忍」造成的，他永遠不氣餒，不灰心，不終止，除非他已得著了最後的勝利。

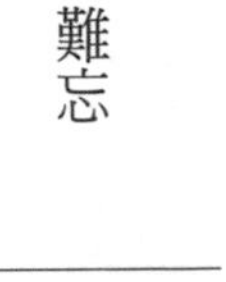

54．塞翁失馬，焉知非福

許多青年男女，一旦失戀以後，往往就覺得人生一切都完了，心中充滿著無限的悲，就像活在昏迷的夢裡一般，永遠也無法將他的影子從腦海中拔除。其實，塞翁失馬，焉知非福，你慶幸你的失戀，使你更加成熟，更善於待人接物。

如果你也正遭遇這種情形，你不是大群不幸情侶中的一個，千萬不要為此虛耗時間與精神，趕快設法克服這個失戀的悲哀。你能早一天覺醒，你就早一天能重獲歡樂。

當然，要克服這個悲哀，並不是輕而易舉的，但也沒有想像的那麼困難，只要你能遵照下面的方法去做，不出三個月，一定可以使你重獲歡樂。也許這悲哀偶然還會襲擊你，不過你的自制力卻隨著更豐富更充足了。

要解救這個痛苦，全賴動作和思想的密切合作，否則仍是徒勞無功。在你的痛苦奮鬥的過程中，最要緊的是你必須具有遺忘的決心，也許你自以為已有了決心，但是這決心可能並不真實，也許你仍沉溺在痛苦的深淵裡，為自己的慘遇歎息，為自己的命運悲哀。所以，你應該趕時是斬斷這些思念，否則，你將會永遠難受下去，而成為親友們所討厭的人。

忍受痛苦是無絲毫意義的，深究使你悲哀的原因，別讓悲哀蒙蔽了你，實際上，你的遭遇並不像你所想像的那般離奇。

你必須認清悲傷只是徒然，根本不需要受它的折磨，失去情人並沒有什麼可恥。你是可愛的，如果你不可愛，當初他決不會愛上你，現在你仍是可愛的，也許更可愛了，因為你又經歷了不少事。只要你能克服心中的悲哀，你將比從前更有魅力，也更善於待人接物。

其次，你應該認清，你的悲哀僅僅是習慣使然；因為對方已成為你日常生活之一，所以你會有習慣上的不適，但是你必須破除這個習慣，當然你仍不免會懷念他，不過懷念的情緒，是能逐日遞減的。

千萬別夢想著他會回來與你重歸於好，這種盼望是最不利的，許多人所以永遠陷於痛苦之中，對因為仍懷念著對方回來。

也不自認是戀愛的失敗者，你不是什麼都完了，你只是正在開始一切。別擔心沒有人再來愛你，一定有人愛你的，只要你等待他，但是，假如你還在痛苦中，而又不能忘懷你的舊情人，那你將永遠看不見任何愛你的人，無論他怎樣好，你都看不見他。

使自己常常忙碌無暇，也是很必要的。雖然你什麼都不生興趣，但是，你得設法培養興趣，咬緊牙關，努力去做一個積極的人；因為消極，往往就在這樣的情形之下，毀滅了他們的生命。

別把你的心事披肝瀝膽說給親友們聽，以為可以爭取他們的同情，你愈多說，煩惱愈大，傷痕也愈深。如果親友們知道你們訂過婚，你只要告訴他們婚約解除就夠了。

千萬不要打電話和寫信給他，也不可希望能與他在偶然中相晤，因為這樣你便無法解脫你的悲哀。下一決心，趕快擊碎這種妄念。

也許你會痛哭，但請別躺在床上或其他舒適的地方痛哭，在眼淚濕透眼眶的當兒，到不能流淚的地方去吧！沐浴修指甲洗髮也好，隨便什麼事，都能穩固你動盪的神經。

假如你有職業那最好，不然，縱使義務的工作也無妨，在那些比你更痛苦的人中間工作，你非但不會再為自己悲哀，反而因此自愧。

試著在你周圍的事物中尋找樂趣；調整你的日常生活，開始新的前所不曾經歷過的生活規程。無論如何，務使肉體和精神同樣的感到疲憊，那麼請參加健身班，或作作戶外運動。但不宜獨自散步，因為這仍能使你不絕的思索。每天在交通繁雜的地方行走兩小時，這是很好的解救法，車輛以及人潮的穿梭將不容許你再想什麼。必要時不妨在夜間安排好你明日的計劃，絕不讓自己在清晨醒來時，不知怎樣支配時間。

想想為什麼被他遺棄，全是他的錯嗎？還是因為你的急躁自私？或因你太多的需求？如果過失在你，可別懊喪，只須用力克服這些缺點就可以。

也觀察你的身體，格外留心你的外貌，別讓美麗隨著失戀而消逝。把頭髮做成做的樣兒，去請教美容專家，及早將他所喜歡的服飾脫下。

各種藝術都是偉大的慰藉，尤其是戲劇和電影，如果音樂能使你忘掉自己，那麼，就聽聽音樂吧！

書本也能使你忘掉痛苦，當痛苦剛開始幾天，你自然收不攏心來閱讀，但是，

星期以後，這情形就不翼而飛了。選些你真喜愛或真能抓住你情感的書，縱使毫無價值也沒關係，但不宜讀詩，以免又勾起舊愁。

漸漸地，你將會發現偉大的書籍便是最好的援手；在人類歷史過程中，你所有的痛苦是何等渺小。

最後，請你牢牢記取；補救失戀的悲哀，不僅是設法忘掉他，還須讓你的心靈獲得活力；只麻醉的過日子還是不夠的，你必須竭誠的希冀，成為一個較前更有價值的人。

別畏懼痛苦的重臨，幾個月以後，你將能領略到痛苦治愈的感覺，也會因此自傲。千萬不要喪膽，痛苦一定會逐漸減削的。他做什麼？他在那兒？他愛了誰？這些於你已毫不相干，你要慶幸你的失戀，使你所受的痛苦，換來值得的代價。

55．成功的條件

一個人是否能成功，絕不是憑空所能決定的，下面十五個測驗題目，可作為自我判斷的標準。請忠實檢討你自己；如果答案是肯定的就給五分，如果並不肯定算三分，如果答案是否定的，就算零分。

一、你是否腳踏實地的工作，不願依賴意外暴富。

二、當你擔負任何有責任的工作時，是否能不出怨言？

三、當事業挫敗時，你是否能不恢心喪氣？

四、當你在工作上遭受委曲時，是否能夠心平氣和，而不激動，暴跳如雷？

五、你是否能分辨各人的不同性格，而分別和他合作？

六、你對你的工作是否有經驗？你是否經常研討新的知識以改善新的工作？

七、在你的工作中，你和那些決定你成敗的人是否保持良好的關係？

八、你的學識、教養與資產，是否時時增進？你的報酬是否足以養家，使你能安心工作？

九、你是否有機會向你的父執輩和上司學習？

十、你對自己份內的事是否能做好而不常做錯？

十一、你對你現在的工作是否懷有熱情？

十二、你是否將計劃付諸實行，而不付諸空談？

十三、你是否能長時間的，雖在辦公時間外工作也毫無怨言？

十四、你是否凡事常會考慮太多，而猶疑不決？

十五、你是否願意發現自己的不足，而力求改進？

如果你的得分在六十五分以上，表示你具有成功的條件，得分在五十分以上，勉強夠標準，如果是在四十分以下，那你最好是馬上改善自己，否則，失敗幾可明確地斷言了。

56 ·我最難忘的人物——胡適博士

一九六二年3月有一天，多雲颳風，台北市街頭人山人海，男女老幼約5萬人，包括教授、學生、工人、店員、家庭主婦、立法委員和外交使節，站在街道兩旁，愴然垂首佇候中國近代最偉大的學者胡適博士出殯。中央研究院所在地南港的村婦，擺出三牲素果，祭奠這位剛逝世的院長，並禱求他的在天之靈保佑她們的子孫將來也能像他一樣光宗耀祖。

胡適的確是個了不起的人。他啟迪了當代人士的思想，也為他們的子孫樹立楷模。榮銜學位多不勝數。最高當局甚至曾敦促他競選中華民國總統和出任行政院長。但終其一生，胡適淡泊謙沖，平易近人。一九四九年，他接到一封措辭恭敬有禮的電報，邀請他到夏威夷對美國議員演說。開頭的稱謂是：「Dear Esteemed and Venerable Dr. Hu」（「德高望重的胡博士」）。他簡簡單單地復了一個字：

kay」（「好」）。

他是學者，也是好人。但一生所遭受的惡毒批評和攻訐，幾乎比任何人多。但是這些謾罵叫囂絲毫不能影響或改變胡適對發展科學、民主制度以及革新需要的信念。

胡適字適之，誕生於一八九一年12月17日，父親曾任台灣台東直隸州知州。他幼年失怙，隨寡母和三位哥哥在安徽黃山山麓偏僻的績溪縣長大。自幼穎悟好學，十多歲時便已博覽中國經史和西洋名著譯本。17歲任文藝刊物《競業旬報》主編，該刊在上海出版。

一九一〇年，胡適進美國紐約州伊色佳市康奈爾大學，聽從哥哥的建議，攻讀農學。有一天，在鑑別蘋果品種時，感到自己的興趣並不在農，因此改讀文科；一九一五年秋，又轉到紐約市哥倫比亞大學哲學系。深為哲學家杜威的實用主義學說所感動，他的哲學也就以實用主義為基礎。

這種注重實用的精神，使他和他的朋友任鴻雋、楊銓、唐擘黃及梅光迪等構成了新觀點，竭力主張提倡白話，廢棄文言。理由是：**文言雖優雅傳神，並且經過三千年來俊彥之士的雕琢鍊冶，但也充滿了虛飾的辭藻和陳腔濫調**。他認為現代的中國人應以語體文寫作，採用日常語言中生動有力的辭句為文字工具。

這是個很大膽的主張——等於提倡以現代英文或現代義大利文來取代綽塞時代的英文或拉丁聖經裡所用的拉丁文。他的朋友雖然同意有改革的必要，卻不如他那樣積極。他為了證明白話可以取代文言，採用白話寫詩。從那時起，他的文章都用白話。

一九一八年，他回到北平了，已成了全國知名的文學革命提倡者。我以北大教員的身份前去迎接他。我那時剛從上海聖約翰大學畢業，比他只小四歲，但是他給我一種仰之彌高的感覺。我聽他引用伊拉斯摩斯從義大利回國時的豪語道：「我們回來了。一切都會不同了。」我覺得我們的國家突然進入了洶湧的復興波濤中。

胡適與陳獨秀、錢玄同和劉半農合編《新青年》雜誌，又提出全國普遍覺醒的號召，主張革除傳統的迂腐思想，糾正重男輕女的觀念，准許寡婦再嫁，廢除女子纏足，禁止扶乩卜卦等。

他說：「明明是男盜女娼的社會，我們偏說是聖賢禮義之邦；明明是贓官污吏的社會，我們偏要歌功頌德；明明是不可救藥的大病，我們偏說一點病都沒有，卻不知道若要病好，須先認有病；若要政治好，須先認現今的政治不好；若要改良社

會，須先知道現今社會實在是男盜女娼的的社會。」

這時民國初建，距孫中山先生推翻滿清僅短短幾年，正是西方文化東漸，「中學為體，西學為用」觀念甚熾的時候。只有像胡適那樣信念堅定的人，才敢公開指出中國不僅在槍炮和機器方面還趕不上西方，就是在現代民主政治方面，在學術研究方面，例如傳記、歷史、哲學、戲劇和現代藝術，也遠遠落後。換句話說，他主張「充分世界化」，或全盤西化。他相信除此之外，別無他法能使中國追上時代。

不過，儘管忙於這場論戰，胡適始終沒有失去對別人的關懷。我當時剛在一份英文報紙上發表了一些關於通俗英文和義大利文演進的意見，引起了他的注意，結果我們很快成了好朋友。

一九二〇年，我獲得官費到哈佛大學研究。那時胡適是北大文學院院長。我答應他回國後在北大英文系教書，不料到了美國，官費沒有按時匯來，我陷入困境，打電報告急，結果收到了二千美元，使我得以順利完成學業。

回北平後，我向北大校長蔣夢麟先生面謝匯錢事。蔣先生問道：「什麼二千塊錢？」原來解救了我困苦的是胡適，那筆在當時近乎天文數字的錢是他從自己腰包裡掏出來的。他從未對我提起這件事，這就他的典型作風。

胡適的文學革命在一九一九年的「五四」運動中達到高潮。翌年，教育部命令所有公立小學的一年級和二年級，必須用白話教學，同時規定白話為「國語」。胡適的成功使他成為古文派眾矢之的。

批評他最厲害的著名學者林琴南，一氣之下寫了兩部小說來諷刺胡適和白話運動的其他領袖。但是胡適並未理睬這些冷嘲熱諷。他對青年們說，如果他們在研究中國語言的實況以後還不能同意他的看法，那時再「出來反對」就是了。

在北平，胡適家裡每星期六都高朋滿座，各界人士——包括商人和販夫，都一律歡迎。對窮人，他接濟金錢；對狂熱分子，他曉以大義。我們這些跟他相熟的人都叫他「大哥」，因為他總是隨時願意幫忙或提供意見。

他對寄給他的稿件都仔細閱讀，詳盡答覆。他的朋友，或自稱是他朋友的人，實在太多了，因此我有一次在我主編的幽默雜誌《論語》上宣布：這本雜誌的作者誰也不許開口「我的朋友胡適之」，閉口「我的朋友胡適之」。

也許他與台北一個街頭小販的友誼最足以說明他的為人。袁瓞是個賣芝麻餅的，空閒時也讀些有關政治的書。有許多問題使他困惑，卻想不出答案，於是寫信向中央研究院院長胡適請教，問：「英國為君主制，美國為民主制，實質上是否相

在組織上，英國內閣制與美國總統制，是否以英國的較好？」

胡適回信說：「我們這個國家裡，有一個賣餅的，每天背著鉛皮桶在街上叫賣芝麻餅，風雨無阻，烈日更不放在心上，但他還肯忙裡偷閒，關心國家的大計，關心英美的政治制度，盼望國家能走上長治久安之路——單只這一件奇事已夠使我樂觀，使我高興了。」

他們持久而親密的友誼就這樣開始了。多年來：袁瓞常到胡適的辦公室去看他。胡適出門，總先寫信通知袁瓞，以免袁瓞枉跑那麼遠的路去找他。

有一次袁瓞以為自己生了鼻癌（後來才知道不是），胡適替他寫了封信，介紹他去看台大醫院院長，並且表示願意代付一切費用。

胡適家裡來往的賓客很多。晚上客人走後，他就坐下來做他的研究工作或寫作。他寫過許多巨著，也寫短篇論文。畢生致力於中國白話文學和中國哲學的歷史研究，第一個證明《紅樓夢》是作者曹雪芹自傳故事的就是胡適。

他出版過無數專書和論文，但《中國哲學史大綱》卻只完成了上冊。他以18年的時間研究《水經注》的各種版本並寫成許多專論。最後8年，他多半時間致力於撰寫一篇關於禪宗神會和尚的論文。

中日戰爭期間，胡適曾任駐美大使4年，成為羅斯福總統的密友。早在一九三六年，兩人曾在哈佛大學慶祝成立三百周年時見過面，胡適在那次典禮中接受榮譽學位。羅斯福非常信任這位率直的學者，胡適也因此在出任大使伊始便為中國政府爭取到一筆二千五百萬美元的貸款。

一九四五年胡適出任北大校長，一九五八年就任中央研究院院長。雖然健康不佳，但還是像過去一樣獻身工作。有一次他以青年導師身份，警告台灣大學一個學生不要奢望輕易找到難題的答案。**他說：「要小題大做，千萬不要大題小做。」**

雖然胡適是中國最卓越的學者之一，他的哲學和所有偉大人哲學一樣，基本上並不複雜難懂。他說：「做學問要在不疑處有疑，待人要在有疑處不疑。」又說：「不做無益事，一日當三日，人活五十年，我活百五十。」

一九六二年2月24日上午，中央研究院選舉七位院士，胡適投下了贊成票。他的心情很愉快，興致勃勃地周旋於他熱愛的同事之間。將近黃昏時，院士們正紛紛告別離去，他心臟病猝發倒地。半小時後與世長辭。他嘴角的微笑說明他已經如願以償，為學術殉身。

一九七三年12月，胡適公園在南港中央研究院和他的墓地附近落成。公園占地

約一公頃半，風景優美，有噴泉，有亭台，有迂迴曲折的小徑。

他的故居現已改為胡適紀念館，在那裡，參觀者可以看到他的毛筆、手稿和批註的書籍。離去時會對這位學者的言論風采績業，悠然神往，肅然起敬。

〈全書終〉

國家圖書館出版品預行編目資料

腳踏東西文化 林語堂／方志野 主編，初版 --
新北市：新視野 New Vision，2023.06
面；　公分
ISBN 978-626-97314-3-5（平裝）

1. CST: 林語堂 2. CST: 學術思想 3. CST: 傳記 4. CST: 文學評論 5. CST: 文集

863.4　　112005551

腳踏東西文化 林語堂

方志野　主編

出　　版　新視野 New Vision
製　　作　新潮社文化事業有限公司
電話：(02) 8666-5711
傳真：(02) 8666-5833
E-mail：service@xcsbook.com.tw

印前作業　菩薩蠻電腦科技有限公司
印刷作業　福霖印刷企業有限公司

總 經 銷　聯合發行股份有限公司
新北市新店區寶橋路 235 巷 6 弄 6 號 2 樓
電話：(02) 2917-8022
傳真：(02) 2915-6275

初　　版　2023 年 09 月